フィギュール彩 76

THE ARK OF IMAGES
KAZUO ISHIDA

イマージュの箱舟

家族・動物・風景

石田和男

figure Sai

彩流社

目次

［1］フランスの家族政策

はじめに

一九九二年は国際家族年であった。それに関連して、世界各地で開催されたさまざまな催しを通してわたしたちは、社会生活における家族の果す役割の重大さについて考える機会の得られたことを確認することができる。そこでは、家族が子どもだけでなく大人も成熟できる場所となるための文化的、社会的、経済的貢献を果さなければならないことが指摘された。

つまり、現代人であるわれわれは、価値や伝統の意味について、人びとの交流と団結を可能とするコミュニケーションの意味を考えなければならないということである。

二十世紀は、進歩を最大の価値とした世紀であったので、家族を持ち出せば保守的なイメージを負わされるリスクがあったのも確かである。

しかし、二十一世紀初頭になって、世界各国で家族や、家族制度について再検討がはじまった。家族はそのままでは、機能しなくなってくるからであり、また、その持続性についても自明であるとは言えなくなってきているからである。

二十世紀の新しい産業の発展により、数多くの家族がこの世に生まれ、この頃から世界各国で家族支援政策が実行に移された。そして、各国の憲法においても家族の必要性について謳っているけれども、いざ政策となると漠然としたままに留まっていたのである。

ある地域の議会では、「家族問題会議」が創設され、堂々と家族問題が議論された。また、子ども手当ての議論もなされた。収入の十分でない若年家族への最低生活保障も議論された。

しかし、これらの関心はあまりにもばらばらであったため、家族政策と呼べるまでにはいたらず、大多数の人びとにとって家族は、まだ個人的な問題という範疇に留まっていた。当時、社会に求める人びとの関心は、もっと差し迫った問題に限られていたのである。

事実、家族手当や老齢年金などの最初の家族政策が実現すると、家族政策の発展に求めるものがなくなってしまった。

そこでは、父親は家族の経済的存続のため収入を得た。一方、母親は、家族共同体の教育的、情緒的発展に努めた。このモデルは産業化が始まった当時から人びとによって理想化されて支持され、そして、かれらの思うように大多数の人びとのものとなったのである。

ところが、それによって多くの家族にゆとりができたものの、人びとはその一部でもいずれは自分たちの家族に利益をもたらすはずの資金として、また公的な基金として、提供することに合意をしなかった。

六〇年代終わりになると、家族の役割とその重要さについて新たな評価が生まれるようになり、生活様式の個別化が進み、家族形態そのものに変化の兆しが見られた。というのは、家族は、家族形態の多元性から生まれたり、解体したりするからである。この多元性は、新しく興ったものではない。しかし家族政策は再検討を余儀なくさせられた。

というのも、過去五十年間にわたって発展を遂げてきた対策は、おおよそ限られた夫婦を対象にしたものであり、しかもこの夫婦は、教育的、情緒的な責任能力を大いに欠いていたために残念ながら、この家族政策は、あまりにも長いあいだ、貧しい両親のみを対象に考えられていたわけで、この政策の持つ欠陥は克服されるべきであった。

今日、家族生活の構成は社会の他の下部組織が従属する可変項として機能しなくてはならない。つまり、家族政策は真の社会政策とならなければならないのである。また、家族を支える、手段、支援ネットワークとして機能しなくてはならない。

というのも家族は、多様な機能を担っており、全ての社会に必要な更新と変革をもたらす。それは経済、文化、政治、そして、社会の全ての分野においてである。

つまり、家族は、

一、子どもや大人といった家族メンバーの社会化を促進し、支えてゆく
二、ある文化と対話を行い、共同責任の意味を社会に浸透させてゆく
三、価値の伝達を可能ならしめ、明日の世代に更なるヒューマニズムを伝授してゆく

さらに家族は、その歩みにおいて、支援され、付き添われていると感じたいという基礎的な欲求をもつものである。そして子どもたちは、ただ単に所有欲の対象としてではなく、一人の独立した人格として忍耐強く見つめられていなければならないからである。

家族政策は、このように様々な概念に対応しなければならない。かつて、メアリー・リッチモンドは家族のかかえる諸問題について論じた箇所で次のように指摘している。

「正常な家庭に生まれ、真の家庭を築きあげる特権を与えられ人びとは、彼らの安息所である家庭にいて安心しているため、家庭生活の問題はあまりにも神聖であって議論などできないと思っているようだ。ケースワーカーも自分が育てられた家庭に基礎をおく傾向がある。しかし、自分たちの問題や仕事に注意を払う人なら、自分流の仕方から、離れることが大切なのを知っているはずである」（『人間の発見と形成』Ⅷ一八七頁）

リッチモンドはここで、正しくも家族という制度に対するわれわれの関心が、たえず、その制度自体のためでなく、「個人」と「社会」とのために向けられるべきであると指摘している。さらにリッチモンドは、それを理解するには歴史上のある時期において家族の力がどれほど完全に国家の力を乗り越えてきたかを見るだけで十分であると指摘している。

本稿は、まさにいま世界中が注目しているフランスの家族の現状と政府の行ってきた家族政策との関係、そして、フランスに暮らす各個人がどのような生活形態を構成しつつあるのかを見ていき、それを現在の日本における少子化問題への根本的な対策を考える上での参考になればと思う。

(1)フランスにおける人口動向

フランスでは、社会が産業化する以前には、家族政策や年金政策は必要としなかった。アンシアン・レジームにおいては、世代間の交代は家族という枠のなかで行われた。ちなみに、一七四〇年の出生率は人口千人当たり四十人であった。

産業革命以前の世代交代

このころ大人たちは身を固めると、すぐに子どもをつくった。そして、しばらく子どもの世話をした。だが教育にあてる期間はごく短かった。子どもたちは、幼いうちから家事労働に従事させられた。その代わりに自分の取り分も受け取った。遺産を相続するときがくると、長男はそれを受け入れ、家の主となった。そのかわりに、彼が年老いた両親の生活費をまかなっていかなければならなかった。また、彼は未婚の兄弟姉妹の面倒を見る責任もあった。長男は彼らを家事や農作業に従事させる権利を持っていた。

ここにおいては、いかなる国家政策も関与する余地はなかった。各家族は、投資の利益をその家族が独自に実現することによって得ていたからである。そこで、老後に一文なしにならないために、たくさんの子どもをつくる必要があった。これは伝統的社会における出生率の高さを説明している。

産業革命以後の世代交代

以上のようなスムーズな世代交代は、産業革命の到来によって存立し得なくなった。伝統的家族の自給自足経済体制が不可能となったからである。そして、生産統合としての家族は、企業にとって代わられた。家族は、自分たちが必要とする最大の部分(食糧など)の生産をやめる。その代わり、市場で手に入れるようになる。メンバーは外に出てゆき、財産を持ち、他者によるサービスを受けるためにお金を稼ぐ。

その結果、大家族集団を形成する必然性がなくなってしまった。これまで主人であった家長は、子どもたちへ投資する見返り(Rentabilisation)がなくなってしまったのである。この時代には「貯金せよ、子どもは持つな」がスローガンとなった。その結果、子どもたちは、遠くへ行ってしまう。

一方、主人はというと、これまで両親の面倒をみなければならなかった社会的拘束から解放された。そして、十八世紀半ばからフランスの出生率は長期的に減少しつづけた。十八世紀初頭には五・八パーセント前後であったのが、十九世紀には三パーセントを下回った。

それが十九世紀において深刻な社会問題を引き起こしていった。子どもたちは比較的幼いうちから工場で働かされた。人びとは農業モデルを適用した。しかし、炭鉱や製糸工場での仕事と羊飼いの仕事とは比較しようのないものだった。このため、フランスは二世紀に及ぶ出生率低下の時代に入った。

一八〇〇年には普通出生率は三・五パーセントに達した。他のヨーロッパ諸国も次々とこの低水準に合わせていった。そしてフランスと同じ水準に落ち込むのは二十世紀になってであった。このことは人口動向を見るうえで大変重要なことと思われる。

十九世紀から英仏独の三国の死亡率は同等であったので自然増加率において違いがあるのは普通出生率によるものと思われる。イギリスとドイツの年間自然増加率は第一次世界大戦まで人口千あたり十を優に超えていたが、フランスの増加はなかった。その結果、フランスは高齢化を迎えた。六十五歳以上の人口の割合を見ると、フランスは一九五〇年に世界で最も高齢化した国となった。数々の研究者は一八〇〇年以降のフランスの相対的な衰えが人口学的な要因にあると見ている。

一九〇〇年頃、子どもの教育のための貯蓄はフランスを世界の銀行家にした。そして、スエズ運河、パナマ運河、ロシアの鉄道への投資を行えるほどにした。人びとは、一九一四年のフランスとドイツの不均衡な青年人口比について、両国の持続的な出生率の違いがもたらした長期的影響として、ずっと強い関心を持つことになった。

一九三九年～四〇年の敗戦の理由が人口動態に起因すると言われる。あのナチスに協力したヴィシー政権の制定した家族政策法がパリ開放以降廃止されなかった唯一の法律である理由はここにある。過去六十年間、フランスで最も長く続けられた政策は社会的目標のみならず人口学的目標も明確に盛り込んだ家族政策であった。

(2)フランスにおける家族政策の起こり

出生率の低下

フランスでは十八世紀半ばから出生率の低下が始まった。十八世紀初頭には五・七パーセント前後であった。十九世紀末には三パーセントを下回った。

一九三二年には家族手当は全人口の大部分を対象とするようになる。

一九三九年には「家族法典」が制定され、全就業者の家族を対象とするようになった。

一九四五年の「社会保障法典」によって、無課税の家族給付制度は社会保障制度に統合され、一連の政策手段が実施され、これにより人びとの生活水準は大きく向上した。

フランスの家族政策における二大潮流

フランスの家族政策の生成と発展にはいつも二つの潮流が流れている。

一、その一つが出生促進主義(Natalité)であり、

二、もう一つが家族擁護主義(Familialisme)である。

第一次大戦や大恐慌の影響で出生率が低下し、いくつかの国で出生促進主義に基づいた家族政策が実施された。戦後、多くの国で、軍国主義への反省とベビーブームによる子どもの急激な増加に対する反省もあってこの政策は下火になる。しかし、一九七〇年代半ばから低出生率の継続と人口の高齢化が進むにつれ、一九八〇年代半ばから、一部の国々で家族政策が強化され始めた。積極的で継続的な家族政策をとるスウェーデンやフランスで出生率が上向きに転じた。

しかし、フランスでは一九九三年には出生率は急低下し、一九九四年七月、一九九五年一月に家族政策は強化された。

ヨーロッパ諸国における最近の家族政策強化の目的としては、有配偶女子の就業率の上昇に伴い、職業生活と家庭生活の両立に対する支援がある。また、人口高齢化に伴う、社会保障財政への拠出世代の負担の軽減化が強調されている。一方、フランスでは、社会保障財政への将来の拠出者の確保や、社会保障制度への将来の拠出者を生み育てた人と生み育てなかった人の社会保障政策からの受益の公平化が強調されている。

他のEC諸国と比べてフランスの家族政策は、

一、出生促進主義的とされる目的を追求する

二、第三子を重点化させる

三、家族給付の第二子以降からの支給をおこなう

四、大部分が拠出金によって財源となる

五、昔から家族担当大臣をおく
などの特徴がみられる。

今日では出生促進が必ずしも全面にでてこない。

政府発行の『フランスの家族政策』(一九九一年)によれば、「家族政策には、家族の扶養負担補償の、一般的な税制上の社会福祉的な支援によって実現される社会公正の目的、所得制限付き発展を正当化する社会的再分配の目的、弟三子への支援強化に反映されるような人口学的目的」があるとしている。

ここでは、社会政策上の目的が前面化しているといえよう。

「経済社会評議会」は一九九一年の報告書で、政府の諮問文書から「フランスの家族政策は基本的に社会福祉施策の実施と家族給付と財政上の優遇措置の複雑な制度の実施に依存する。実際の施策は最貧家族と多子家族に対する施策を中心にしながらすべての家族を支援することを目的とする」という定義を引用し、その内容が少々限定的であるという判断をしている。

また、この評議会は出生促進政策を、まずモデルを設定したうえで、そのモデルの範囲内において、家族の扶養負担を考慮に入れることを目的にすべきであるとし、家族政策の枠のなかで出生政策が実施されることを勧めている。

フランスにおける家族政策は、家族給付制度からなり、家族除数を通じた税制上の給付制度をも含む。家族政策に寄与する経済的主体は、国家のみならず、保健所や学校給食を運営する自治体、賃金や休暇制度などで寄与する企業、家族手当金庫、健康保険基金、年金基金と複雑である。また、家族政策の手段としては、家族給付の支援額の増大や税額の減免により家族の不可分所得が増大するようにしている。また、教育、保険、保育に関する施設やサービスを無料で提供できるようにしている。そして、家族によって消費される交通費の価格を減免している。労働生活において困難があれば控除されるようになっている。

フランスの家族政策を機能の面から見てゆくと、家族に対する適切な生活水準の保証がなされ、若年層に対する教育や訓練が行き届いている。また、子どもの養育と両親の就業が両立するよう施策が考えられ、就業女子と非就業女子の年金格差の是正が計られているということが特徴的である。これらの機能から達成されるべき目標が浮かび上がってくる。それは、家族の扶養負担を保証し、職業選択の自由を保障すること。そして、出生の促進が図られるべきであるとしている。

家族政策の中心を占める家族給付制度には、

(1)受給の普遍性が守られている
(2)拠出金から資金が調達されている
(3)居住地単位に基金がつかわれる
(4)法的枠組みが整備されている

ということがいえる。

フランスの家族給付制度を見れば、出生促進主義と家族擁護主義のあいだの葛藤が存在することは明らかである。企業経営者のあいだでも、労働者を定着させ、社内統制を図ろうと、家父長主義的な経営を推し進めたものがいた。また、社会主義と社会キリスト教主義の労働運動もあり、家族給付に対する疑問が提示された。

フランスにおける家族給付の歴史

一九一〇年代、議会で様々な勢力が喧々諤々の議論を戦わせ、その後、妥協が図られた。

一九二〇年代、議会における議論の末に、家族給付制度を構築するための政治的前提条件がそろった。

一九三〇年代、家族給付制度は強制力を持つようになり「家族法典」が制定された。

一九四〇年代、「社会保障法典」が制定され、家族給付は社会保障制度に統合された。

一九七〇年代、新出生促進主義が現れて家族給付が改善され、拡張された。一九七八年には家族給付は就業と切り離されフランス国内に居住し、扶養すべき児童のいるすべての家族が給付対象となった。

一九八〇年代、一九八一年に社会党政権が成立すると、家族給付の大幅な改善がなされた。専門家の意見では、家族給付が就業と家族形態に関して中立ではないとの指摘がなされ、子どもの権利が重視されるようになった。一九八二年には家族政策の改悪が起こり、財源の見直しや対象者が限定されるようになった。一九八六年に再び議会の与党が社会党に代わり、第三子優遇措置が再開された。一九八八年には家族給付が福祉政策として機能するようになった。最低所得保障給付の実施が全国家族手当金庫からなされるようになった。当時の専門家たちの指摘によれば、家族政策は、結局、出生促進政策とはなりえず、せいぜい子どものいる家族の支援に留まるとしている(Messu, 1992, pp, 95-135)。

一九八〇年代以降、フランスの家族政策は脱家族化(脱社会政策化)、個人化(子ども、若年者、女子の支援政策強化)、経済化(雇用政策化と租税化)、国際化(EU域内における整合化)の傾向を示している。

多子家族優遇措置

一九二〇年にはフランスの家族政策では家族給付と同様に重要な位置を占める、子だくさんの家族に対する税制上の優遇措置も導入された。

一九四五年には現在でも適用されている、家族除数の制度も導入された。

一九七七年には無給の育児休暇制度が制定された。

一九八〇年には第三子以上と双子以上が産まれた場合、出産休暇は二十六週間に延長された。

フランスにおけるこのような積極的な家族政策の背景には、絶えず家族擁護主義的で出生促進主義的な世論が背景となっている。国際的な観点で見ると、フランスは他のEU諸国と比べ、世論が出生促進主義に傾いているといえる(Huss, 1980, p25)。フランスで人口問題に関心が高いのは自国の政治的地位が低下した一八七〇年～一九四〇年に人口が停滞していたことによる。

一方、競争相手の隣国ドイツはというとこの間、人口は四千万人から七千万人に増加していた。フランス国民が政府介入に対して寛容である背景には、普仏戦争以来のフランス政府による情報普及活動があると思われる。敗戦後、新政府は敗戦の原因が、低出生率、人口の高齢化、人口活力が低下したことによると判断して、大々的に情報普及活動をおこなった。また、近年、移民が増大したことに対する国民の懸念を意識した政治家たちは出生促進を唱えている。一九四五年に創設された国立人口研究所(INED)は人口動向の調査のみならず、情報普及活動を主要目的としている。一九六八年には人口教育資料の作成を主要目的とする人口問題情報センター(CIPP)を創設した。これらの機関の活動が複雑な家族給付制度に対する国民の理解に役立ち、家族政策を受け入れやすくし、その効果を高めている。家族給付制度の出生率向上の効果については、一九七〇年代に外国との出生率の比較に基づき、〇・二パーセントの上昇としている(Calot et Hacht, 1978, p.192)。一九八〇年代に入ると同様な調査結果が発表された(Ekert, 1986, pp.114-117)。

このようにフランスの家族政策、特に家族給付は必ずしも大きな出生促進効果を持たないという調査結果が出ている。その理由は様々あげられる。夫婦がいざ子どもを産もうと判断する際に経済的な困難を意識させてしまう。家族給付が所得配分を悪化させてしまうなどの指摘がある。

家族給付の効果に関する分析

フランスでもＥＵ諸国における有配偶女子の就業行動に対する税制の影響についての研究の流れを受けて、一九八〇年代半ばからミクロデータの計量経済学的分析に基づく家族給付と家族優遇税制の影響の分析が行われてきた。それによれば、これらの施策における有配偶女子の就業に対する影響はあまり認められず、所得階層に関して選択的である。しかし、家族給付と税制上の給付が有配偶女子の就業率を低下させる傾向が見られたが、扶養する子どもが税制で完全に無視されると、就業率が低下する傾向も見られた。

また、フランスの第三子に限定された高い水準の家族給付は母親の就業率を上げている。これは第三子に対する高額の給付を休業補償として使う母親よりも保育費用として使う母親の方が多いからだと理解されている。これはフランスの保育政策がかろうじて就業促進に役立っていることを示している。

他方、フランスの育児休業制度は一九八四年の法律で拡充された。百人以上の規模の企業に一年以上勤めた両親のいずれかが育児のために、子どもが三歳になるまで、完全または部分的に休業することができる権利が与えられたが、一九九一年の法律で、ハーフタイム以外の週当たり十六時間からフルタイムの八〇パーセントまでの範囲内で、休業中の労働時間を選択する権利とともに、復職時に職業訓練を受ける権利が与えられた。

一九九三年の法律で、企業による復職時ないし復職前の職業訓練が規定された。これらを含む家族政策上の施策が世帯の労働供給に対して及ぼした影響を評価することは容易ではない。それでも、他国との比較で客観的な評価が可能となってくる。

たとえば、フランスの家族手当政策は、子どもの数の多い有配偶女子の就業に関して、イギリスの場合よりもより大きな抑制効果をあげている。イギリスでは、乳幼児を持つことで有配偶女子の就業が抑制される傾向があるのに対し、フランスでは、保育政策と教育政策によって緩和されている。

フランスの家族政策は、近代主義化にともなう、一九七〇年以降の女子就業率上昇を目的とした保育施設整備と保育費用補償手当の創設で対処した。ところが、一九八五年以降は、失業率の上昇および出生率の低下により政策が「伝統主義化」した。その結果、一九八五年に養育親手当(APE)が創設された。

一九九三年に行われた調査結果によれば、受給可能な就業経験のある三子以上の女子はAPEの給付は安定した職が確保されている女子にはプラスの影響をもたらすが、そうでない女子には給付期間が終了したときにはマイナスの影響をもたらした。また、採用と昇進における性差別を助長する可能性も指摘された。そして、その遡及効果によるすみやかな職の確保が困難となり、母親たちは育児休業制度に頼るという逆効果もあった。条件の良い職を得ることがむずかしくなり、更なる出生を諦めるという傾向もあった。いずれにしても、過去三十年のAPEの歴史は雇用政策が次第に家族政策を蚕食し、家族政策が失業とヤミ就業への対策となった。

フランスでは家族政策の潜在的効果を高めるために、専門機関が様々な提言をしている。人口高等委員会は、一九八〇年の総括報告書のなかで、出生促進計画の今後の方向付けについて次のように報告している。それは、

一、出生増加の障害となっている要因全体に影響を与える必要があること
二、親の就業と出産・育児の両立を優遇する必要があること
三、三人以上の子どもを持つ家族の状況は特別な権利の認知を必要とすること
四、家族手当は実際の子どものコストを考慮する必要があること

である(Haut Comité de la Population, 1980, p.33)。

また、人口家族高等審議会は、一九九二年の報告書で、職業生活と家庭生活の両立の促進に関する勧告をしている。それは、

一、政労使は雇用条件の改善のために協議する
二、雇用労働者にとって差別的な選択でないパートタイム労働を整備する
三、育児休業を有料化する
四、病児看護休業を一般化する
五、政財界指導者にたいする情報の提供と啓発活動をおこなう
六、地方レベルにおける保育サービスの調整機関を設置する
七、企業による保育サービスへの具体的な貢献を促進させる

八、子どもの就学時間外活動のための機関を整備する
九、地方レベルにおける保護と相互扶助を促進させる
十、子どもと家族に関する個人と社会の責任意識を啓発する
である(Haut Conseil de la Population et de la Famille, 1992, pp.47-54)。

さらに、一九九五年一月の国民議会予算委員会の報告書では家族手当金庫の赤字や家族政策の分断化を踏まえ、総合的家族政策の必要性が再確認された。現行の家族政策が特に中間所得層にとって不利なものとなっているとの認識から、乳幼児保育、住宅、雇用の三位一体の制度を要求している。

具体的に例をあげると、
一、家族政策を優遇課題のひとつとすること
二、全体的育児環境の観点から、現行の諸手当の一部ないし全部を最低賃金の十六パーセントに相当する包括的育児手当で代替する
三、家族給付を実質賃金スライド制にすること
四、家族部門の収入が保全され、部門内のみで配分されること
五、職業訓練期間終了時に家族が高い優先順位で福祉住宅を利用できるように保障するための契約制度を創設すること
である。

今後の家族政策への提言

これらの政府機関の提案は、フランスにおける家族政策の効果を高めるうえでは重要な指摘といえよう。しかし、実際にはビショ(Bichot)が「文化大革命」と名づけているような大変革が求められているのである。

すなわち、家族政策は政府から家族への一方的援助ではなく、若年層に対する人的資本投資であるという認識を持ち、それを交換的公正(justice commutative)と選択の自由を尊重するようなものにする必要があるのかもしれない。その考え方の線上にいるのがルメニシエ(Lemennicier)である。彼が提案する家族給付制度の逆効果や経済学的問題(家族内移転の減少、出生行動の経済的合理性の無視、劣等財としての子どもへのサービスの無視、合理的期待形成の無視)と改善提案も検討に値する。

ただし、彼の自由主義的家族政策に関する提案は自由主義とともに合理主義を徹底させたため、ビショのものより改革的であり、フェミニストたちより過激である。その提案の内容は次のとおりである。

(1)家族・人口政策を廃止する
(2)家族除数を廃止する
(3)女子の賃金を不自然な高さに維持する雇用政策を廃止する

(4)法律婚が不利になる税制を廃止する
(5)国立人口研究所と全国家族手当連盟の独占的影響力を排除する
(6)租税負担に依拠する民間社会福祉機関への家族手当金庫を変革する
(7)社会保障と教育を民営化する
(8)民法に規定された結婚契約を廃止し個人契約を自由化する
(9)複婚禁止規定を廃止する
(10)婚姻宣言への市区町村長の立会い義務を廃止する
(11)「子どもを育てる権利」の売買を許可する
(12)「親があらゆる手段を使って子どもを産む権利」の自由を保障する
(13)婚姻斡旋機関と民間の結婚カウンセリング機関を発達促進させる
(14)予測不能な婚姻解消に対する民営保険を発達促進させる
(15)「親が遺産相続人を遺言で指定する権利」の完全な自由を保障する

本項では主に八〇年代~九〇年代の家族政策の推移とそれに対する評価を見てきたが、時代の激しい変化に行政が容易に対応しきれずにいる状況が垣間見えてくる。次項では、その動向を主に追っていくことにする。

(3)フランスにおける女性の社会進出

これまで少子化問題を行政の側から見てきたが、これからは、個人の側、カップルを形成し、子どもを産み、働きながら育ててゆく女性の立場からこの問題を考えてゆくことにする。

「五月革命」、旧来の社会的モラルからの解放

フランスは一九六八年、五月革命を起こした国である。革命と呼ぶ以上そこに断絶がみられた。古いモラルは完全に否定された。それまでの父権を代表したド・ゴール大統領は退陣にまで追い込まれた。そのド・ゴール将軍はナチス・ドイツからフランスを解放した英雄であった。

彼は戦後になって大統領権限を強化した。そして、第五共和制の下でフランスの発展を導いた国家の父だった。五月革命はこの父に対して「ノン」を突きつけた。それは、人びとの自由な発想を縛りつけていた当時の社会的モラルを打ち砕かんとする運動であった。発端はパリ西部のパリ大学ナンテール分校の学生寮をめぐる騒動であった。夜間、女子寮に男子が入り込むのを禁止していた規則に反発して学生たちは立ち上がった。世代間で性的モラルに対する考え方の違いがクローズアップされ、やがてそれは政治闘争にまで発展していった。その結果、一九六九年、ド・ゴールは退陣に追い込まれた。

フェミニズムの台頭

七〇年代に入ると、性の解放が次々と実現されていく。古いモラルと結びついた倫理観は大いに批判されることとなる。

家族に関して言えば北欧は進歩的、南欧は保守的、フランスは中間的といわれてきた。ところが、この革命はフランスの女性解放運動に火をつけてしまった。いわゆる、フェミニズムの台頭である。そして、女性たちの社会進出がおこり、あらゆるところで変革がおこった。一九七五年、人口妊娠中絶が合法化された。また、経口避妊薬《ピル》に健康保険が適用されることになった。以降、離婚件数は爆発的に伸びてゆく。

八〇年代半ばになると、アメリカのフェミニストたちは女性が受けたあらゆる暴力を告発し、男性に対する警戒心を強めていた。

一方、フランスの女性たちは自分たちの仕事が二倍に増えたにもかかわらず、男性たちが何もしないので失望した。ほとんどの男性は男女平等に関心がなかったからである。フランスの男性は、もともとそれまでの状態を維持しようとする習性があり、女性の社会進出を積極的に妨害しなくても、消極的にそれに抵抗するようにできているのである。

フェミニズムの危機

一九八〇年代後半になるとフェミニズムが岐路を迎えた。フェミニズムの災いが問題とされるようになった。男性を敵視し、レズビアンに走るようになったと非難され始めた。女性たちはいつしか、パートナーとしての男たちの存在を見失っていたことに気がつきだしたのである。そうした無意識の男性蔑視は女性に幸福をもたらすものではなかった。女性は男性もいてはじめて幸福になれるという当たり前の結論に至った。

アメリカで発展した「攻撃的フェミニズム」は八〇年代に急速に存在感を失っていった。九〇年代に入り、「SOSパパ」のような民間団体に代表されるような父権要求運動も拡大していった。父親は子どもと母親のあいだに距離をつくる存在であり、子どもは性差について父親の存在から学ぶのである。男たちも自分のなかに女性的な側面を認め、それを解放したいと思い始めたことは、お互いに喜ばしい。

父親とは母でないもののことなのだという当たりまえのことが、いつのまにか忘れられていたということである。男性たちは弱いものであるからこそ、姓の継承によって守られてきた。そうした父権の危うさを認識しなおすことが、今日では必要となっている。お互いを認め合い、譲り合い、親であろうとするために、一歩踏み出すことになるのである。

一九四九年に、シモーヌ・ド・ボーヴォワールは『第二の性』を執筆した。そのとき彼女は、当時の社会、経済、セクシャリティ、政治などに対し同質の支配構造があることを発見し、それを解明しようとしたのである。世界とは、男性が占有する世界であり、女性はもともとそこには排除されている。女性は周辺的で、よくて招待客の存在である。第二義的に参加しているだけなのだ。ボーヴォワールはこの構造が歴史の移り変わりとともに変化してゆくのだと主張する。

残念ながら、彼女はこの構造が、別の社会形態や文化状況のうちにおいては異なる形態となって現れるということについては言及していない。男女関係が、まさに「超文化的」不平等構造に規定されているとしても、この構造は、国、文化、社会階級によって異なる。われわれは、もともと具体的な形態に組み込まれているので、その変化はそれぞれの文脈に応じて異なる過程を経るはずであるということには気づかされていた。

それにもかかわらず、フェミニズム理論は、ひとつの特権的状況に基づいた開放モデルを唯一のモデルとしたとして、ブルジョワ的フェミニズムとか、西欧中心的フェミニズムといった非難の対象となってきた。それは、女性運動をひとつのイデオロギーに還元しようとすることに無理があるからである。

フェミニズム運動に必要なのは、男女関係の根本的な問題の情報一つひとつを理解しながら、それぞれの状況に応じて、思考と行動を絶えず問い直していくことである。抽象的な普遍という考え方そのものが、人間の一般的定義と合致するだけでなく、高潔だが曖昧な人権思想の論拠となってしまっているのである。それゆえ、フェミニズムを問い直すことは、西欧文化圏内における男女関係の観点からしても問題提起となり得る。

西欧の男性によって支配されてきたこの普遍は、男性中心主義、西欧中心主義といわれても仕方がない。むしろ民主主義的な文化が、人類の半分を覆うほどに力を得て君臨し続けるこの普遍を、これほど長いあいだ、標榜できたのは驚きといえる。この普遍という概念は女性に提起された問題に類似した問題を、非西欧文化にたいしても提起する。この普遍主義とは単一普遍主義である。それは女性を排除するか、少なくとも遠ざける。

思考と行動への女性たちの取り組みは、こうした抽象的普遍をよりどころにするのではなく、複数の対話に支えられた、変動する普遍に結びつくべきなのである。そうすれば、普遍は専制的で決定された経験的なものと同一視されなくてすむ。普遍は、わたしたちそれぞれの視座の境界、交流の境界に位置するのであり、支配者と同一視されるような唯一者の観点なのではない。本来、普遍主義は「複数普遍主義」でなくてはならないのである。

複合家族の到来

フランスの出生率上昇の原因に複合家族の到来があげられる。それは、離婚した男女が子どもを伴って再婚できた家族のことだ。一度や二度結婚に失敗してもめげずに再挑戦する彼らのパワーには注目すべきものがある。再婚相手とも子どもをつくることも多い。

国立人口統計学研究所と国立統計経済研究所が六年かけて三十八万人の回答をもとに行った調査によれば(二〇〇五年)、女性で四十歳、男性で四十五歳を越えて子どもを持った人は、二十年前には二パーセントに過ぎなかったが、今日では四・一パーセントに達している。結婚、離婚、再婚、複合家族と子どもは新しい環境のなかで生きてゆくことを余儀なくされている。結婚してもあくまでも個である。男女のあいだに愛がなくなれば、たとえ子どもがいても別れるべきときには別れる、個と個が別れて別の個と一緒になる、そういう時代がやってきている。

かつて女性は、夫を助け、子どもを産み育て、家事をしっかりやっていれば問題はなかった。ところがいまは、美しく、賢く、仕事に生きがいを持ち、よき母、よき妻、理解ある友でなくてはならない。

男性は、仕事に燃え、育児に積極的に参加し、週末は料理に腕をふるい、ときには妻とレストランに行き、ときには花を持って帰ってきたりしなければならない。

子どもは子どもで、極端に数が少なくなったため、まわりの期待を一身に受けている。

彼らは、安定のみを目的としているのではない。従来とはまったく異なる家族モデルが到来しているのである。それは個人、独立、選択、責任といった価値観に基づく関係性である。

確かに、ひとりの人生の途上には別離という危機的状況が幾度か訪れる。でも、非婚化が進んだからといってそれを家族の危機であるとはいえない。

かつて、個人は集団や組織の一要素に過ぎなかった。ところが個人主義が発達した現代では、それぞれの役割がはっきりしていた従来の人間関係は崩壊し、個人の周りには緩やかな人間関係の網の目が張られている。そこでは、社会的つながりは多様化し、ますます個人的なものになっている。

それぞれの関係がどういうものなのか、網目の中心にいる本人しか知らない。それはその人の秘密の領域なのだ。本人も、多様な関係性の集合体としての個を自分として意識しているのである。

そういう個の集まりでできている社会では、多種多様な人間関係を管理する能力が要求される。そして、人の一生は、いわばいくつもの別れの連続である。別離をいかにうまく切り抜けていけるかが問われている。自立した自己を形成するためには、相手からどのように距離をとるかが重要となる。結婚から結婚しないカップルへの変遷が示すものは、人びとがパートナーと意識的に距離をとることで、相手への従属よりも個人の自立のほうに重きを置いているからなのだろう。

安定と平和の砦としての家族のイメージにこだわればこだわるほど、現実から遠くなる。そのときどきの危機を受け止める柔軟性を欠いてゆく。家族を単純化するのでなく、複雑系としてとらえることが大切だ。人生はもともと複雑なものである。いまさら十九世紀的価値観に戻るわけにいかない。新しい事態にどう対処できるのか、人びとの意識を開いていくことが肝心なのである。

はたして複合家族は二十一世紀の家族の姿であるといえるのだろうか。社会で規定された身分より、個人と個人の関係を尊重するという意味ではそうといえる。婚姻や血縁といった、これまでの枠組みでは、もうわれわれは満足できない。たとえ、それが社会的に正当な評価を受けていなくとも、こぼれてしまう人間関係を、われわれはすでにかけがいのないものとして現実に生きている。

核家族の時代から複合家族の時代へ、逆説的にも消滅しつつある伝統的大家族の面影が、かたちを変えて立ち現れてきているかのようである。ただし、その関係性は柔軟性に富んでおり、個人の自立と社会の成熟があって初めて成り立つものである。

家族はかたちより質の時代に突入したといってよいであろう。愛情や絆といった目に見えないものに、いかにかたちを与えるのか、再び考えるときに来ているといえよう。

(4)フランスにおける新たな女性支援政策

六〇年代以降の大きな変化といえばなんといっても女性の大量の社会進出である。

女性就労率の上昇

フランスでは女性は産後三、四カ月で仕事に復帰する人が多い。出生率は、男女の関係がより進化した先進国では、女子労働力率が高いほど高くなる。

一九六二年　四一・五パーセント
一九八二年　六五・二パーセント
一九九八年　七八・七パーセント
二〇〇四年　七九・四パーセント

フランスの女性就労の大きな特徴はフルタイム労働であるということである。パートタイムは二四・一パーセントだけである。ちなみに日本は四〇・二パーセントの女性がパートタイムで就労している。フランスではたとえ週四日勤務でも正社員が多いのである。

フランスの女性が仕事を続けるのは自己実現のため、経済的、社会的自立のためである。お金のため、生活のためという理由をあげた人は五・六パーセントである。仕事は彼女たちにとって一人の人間として認められ、自分ができることを示す手段である。

女性の就労と出生率

女性が働くことと出生率との関係でいえば次の三段階が考えられる。
(1)「男は外、女は家庭内労働」(伝統的段階)
(2)女性が外で働き、子育てと仕事のジレンマから出生率が下がる(移行段階)
(3)女子労働力率が高く、出生率も浮上する、一・四~二・〇で安定(現代段階)
フランスやデンマーク、スウェーデンが現代段階にあり。イタリア、スペイン、日本、韓国などが移行段階にあるといえよう。そして、フランスの最近の出生率上昇は、結婚していないカップルから生まれる子どもによって支えられている。

第一子の五六パーセントは結婚していないカップルから生まれている。事実婚が多いからだ。子どもができた後に結婚するカップルは全結婚数の三分の一である。

第二子は三〇パーセントである。

第三子は二二パーセントと、全体では四五パーセントの新生児が婚外子である。

その背景には一九七二年の法律で「子の平等の原則」をうたっていることが考えられる。未婚の両親から生まれた子どもに結婚したカップルの子である嫡出子と同じ相続上の権利を保障したものだ。一九六五年～一九七二年は子どもができてから結婚するケースが多かった。性規範がゆるくなりながら、家族制度は旧態依然としていたからだ。

フランスでは、婚外子の九六パーセントが出生後一年以内に父親に認知されている。フランスでは戸籍がない。出生年月日、時間と場所、そして「誰々は父(名)、母(名)のあいだに生まれた」という出生証明書があり、子どもが生まれると、家族全員の記載がある家族手帳が発行される。

家族政策の新しい波

六〇年代までは、女性は家庭にいるほうが子どもは増えやすいという考えから、専業主婦世帯への給付が設けられるなど、家庭政策は専業主婦と夫という伝統的モデルを推奨していた。

その後、景気が良く労働力がたくさん求められ、女性の社会進出が進んだ。そのために、専業主婦世帯への給付は次第に減り、一九七八年に停止した。その結果、保育園の改善が進められ、託児費用の補助が開始され、働く母親への給付が充実した。

とはいえ、フランスは天国ではない。男性が子育てや家事に積極的に参加するということにかけてはスウェーデンのほうが先に進んでいる。ドイツは子育て家庭への経済援助が比較的厚く、家族給付のGDPに占める割合はフランスより高いくらいである。それでも出生率が低いのは、母親にあらゆる責任を委ねようとするドイツ的習慣のせいである。

フランスは国からの援助が多く、保育施設も整っていると考えられがちであるが保育園の数は対象となる幼児の一〇パーセントしかない。そのかわり次にあげるように託児方法がいろいろとある。
(1)育児・家事を分かち合う夫
(2)数多い有給休暇
(3)週四日の短縮勤務
(4)実家が近ければ週一、二回は祖父母たちの出番
(5)それでも足りなければベビーシッターに頼む
(6)家事は一部、家政婦にアウトソーシング
フランスの学校は朝八時半に始まる。小学校低学年のうちは大人が学校に送っていく。指導学習が終わる六時には子どもを迎えに行く。小学校も幼稚園も午後四時半まで。水曜日には学校はない。

新カップルの登場

一九七五年〜一九八五年に婚姻数が三〇パーセント減少し、婚外子は二・五倍に増えた。そして結婚しない、新しいカップルが誕生した。それには三つのかたちがある。
(1)ユニオン・リーブル(自由結合)
(2)コアビタシオン(同居)
(3)コンキュビナージ(内縁関係)
一九九九年からPACS(連帯民事協約)というスタイルが生まれた(注参照)。二〇〇五年には、

子どもにつける姓についても法律が改正され、男女平等が訪れた。子どもは父母のどちらの姓につなげてもいいことになった。それは同時に男として生きる時代が難しくなった時代の到来ともいえるのかもしれない。それまでは、父親が権威的な家長であった、そのモデルが消えてしまったからだ。

家族に関するあらゆる法律が改正されていった。男性の優位は崩れていった。一九七〇年代には父権は終わり、子どもに対して両親が平等に親権を行使するようになった。六〇年代～七〇年代には避妊と中絶が合法化され、女性が生殖の自由を手にした。また、ピルに健康保険が適用されるようになった。子どもを産むか産まないかは女性自身が選択できるようになった。そして、民法が改正され、協議離婚が認められるようになった。

それからというもの離婚件数がまたたくまに増えた。無理をして結婚を続けるほうが離婚するより正しいとは言えなくなった。それに、いまや親の離婚を経験した世代が親となったのである。彼らは、男女はたった一人の人と一生を共にするものだという幻想を抱いていない。情熱に振り回されるのも建設的ではない。男女の仲は壊れやすい。それを認めたうえで情熱よりも誠実さや信頼関係に価値をおくものである。聡明な親同士が知恵を結集し、親としての関係を保つよう努力すること。相手の新しい人生を許容する寛大さを持つこと。何が起ころうと、子どもの傍らに立ち続ける意思と責任感が大切である。

そうしたものを無視したのでは、子どもを中心としてみたときの家族の幸せはあり得ないのだ。

男女平等思想の起こり

一九四九年『第二の性』が出版されて「女が生まれるのではない、女になるのだ」と宣言されて以来、女性性は宿命などではなく、社会的文化的に構築されたものだという告発にスキャンダルが巻き起こった。それから半世紀以上経て、女性たちの意識も大きく変わり、男性が望む女性像から解放され、自分の人生の主体になった。

女性精神分析医のC・オリヴィエは男性がもっと子育てにかかわること、母親が外に目を向けて、母性が目的であることをやめ、他の様々な機能の一つになるように提唱している。託児所を整備し、男性職員を置き、働く親の勤務時間は柔軟にできるようにする。また、歴史学者E・バタンデールは、母親が働いているか家にいるかは、青少年期の子どもの問題と関係がない、と主張する。日本ではまだ議論の多いところではある。

問題があって、カウンセリングに訪れる子を見てみると、母親が働いている子のほうが多いわけではないことが一部の研究でわかっている。問題は、母親がいつもいるかではなくて、どんな母親なのか。家にいるから子どもと良い関係を築けるわけではないと主張している。

フランスは長いあいだ家父長的な社会だった。長いあいだ農業国だったので習慣的にそうなっていた。日本もそうであったので似ている。

ところが、ある日、まったく変わってしまった。何が変えたのであろうか。それは女たちが、フェミニズムや性の平等に目覚めたからである。それには戦争がある意味で推進力になった。第二次世界大戦後、ファシズムへの恐怖から、人類平等が理想だと考えられるようになった。優れた民族などないのだ。人はみな平等に生まれ、育つべきである。

ある意味で、戦争への反省によって平等思想が徹底したのである。そして、世界の各地で旧植民地の独立運動と先進国においてフェミニズムの運動がおきたのである。人種の違いを超えて、植民地の支配者も支配された側も、男女ともに、すべての人が平等であると気づいたのだ。こうしたすべての人間は平等であるという考え方が西欧の成熟の背景にある。

フランスでは、平等は国民が最初に大切にしている思想である。これは、女性にとってプラスの材料となる。国家はおのずと女性と男性が平等になるように支援しないといけないと考えるようになるからである。ほんとうに男女が平等になるためには、女性が経済力を手にしないといけない。補助的な労働力であっては展望が生まれてこない。経済的に意味のある存在にならないといけない。経済を含む様々な分野で、権力を手にしないといけない。意識を変えるには法律を頼りにするだけではだめである。まずは女性が働き、二つ目の収入を家庭にもたらし、その比重が大きくなることである。働けば経済的に自立できる。パートナーが暴力的であれば別れることができる。子どもは、夫婦がうまくいっていなかったら、そのことを感じ、苦しむものだ。一方、父親も、E・アンティエが言うように、その役割が代理母になるのではなく、母親と子どものあいだに誰かが割り込んでくるのを防ぐことである。

母親と違って父親というものは、はじめから社会的なものである。婚姻、認知、身分占有など、親子関係の立証の仕方は様々であるけれども、現実には母親がこの人と認めた人が父親となるのである。さらに、その判断は撤回可能なものでさえある。父親というもののこうした不確かさを理解しつつ、男たちが父親となるのを女たちはもっと助けてやらなければならないだろうし、男性自身、子どもにどのようにかかわるのか深く考える必要があるだろう。

子どもは成育の段階で母親との距離が異なるが、これに齟齬が生じると、後になって神経症や精神病の原因となる。言い合い、怒鳴り、暴力の環境にいると、子どもはバイオレンスを共通用語と思い込んでしまう。子どもと同じ目線になれば子どものリズムに合わせられる。そうすれば、子どもの条件に合った対話、交流、気づかいが成立するのである。

新世紀フランスの子育て支援施設の拡充

二十一世紀に入ってますますフランスの出生率は上昇しており、ついに世界一の出生率となった。にわかに世界中の関心を得ることとなる。その原因を探っていくと子育ての支援施設が細かく整備されたということが指摘された。

施設に働く保育士や子どもにかかわる人は、子どもに気づかいを絶やさず、人間の暖かさを感じさせ、信頼感を育てることが大切である。彼らは、子どもへの愛着は産みの親ほどである必要はない。ただ、関係者が愛と情熱を子どもたちにいくら注いでも注ぎすぎることはないと考えられる。

(1)保育園……0歳児から保育学校就学以前の乳幼児の保育機関である。三歳以上の子どもはすべて保育学校に通うので、保育園には三歳児までしかない。その種類は次のとおりである。フランスで保育園や一時託児所の園長を務める保育士は、一種の高学歴職種であった。看護士の資格が必要であり、そのうえで保育の教育と実習を終えて、初めて保育士になれる。このほか、保育の質を改善させるなかで、現場で子どもの相手にあたる幼児教育者の資格も導入された。また保育補助員もいたりする。子どもになにか問題があれば嘱託の臨床心理士に相談したりする。フランスの保育園、一時託児所はいろいろな資格のある人が共同で保育に当たる多重構造になっている。

公立保育園、企業が従業員用に設置している保育園、親たちが運営主体になって設置したペアレント保育園、費用は四五〇円~四三五〇円である。人数は二十五万人いる。保育ママたちが数人集まって、公立保育園の監督の下に自宅で子どもを預かるファミリー保育園もある。保育園に子どもを入れるためには、同一地域内に自宅があること、共働きか休職中であること、職業訓練中、学生である、という条件がある。また、親が片親の場合、父親が兵役の場合、低所得の場合には優先権がある。

(2)保育ママ……自治体に公認されて、自分の家に数人の子どもを預かる保母さんのこと。保育ママに預ける場合は、自宅託児手当てという援助がある。地方都市では保育ママが多く、保育園に次ぐ託児先になっている。個人で保育ママを雇う場合、正式には雇用者として、社会保険に加入させなければならない。0歳~六歳までの子どものために自宅で専属の乳母を雇う場合に、雇用者側、被雇用者側の社会保障負担金の全額または一部を、家族手当公庫が負担してくれる制度である。現状では、三十四万人の保育ママが六十六万人の子どもの面倒を見ている。保育ママだけでなく、家政婦、ヘルパーなど、家庭雇用優先政策は八〇年代後半の失業と女性求職者の増加を背景に進められた。雇用が不安定で低賃金、女性のみの業界であることも批判の対象になっている。

(3)専属ベビーシッター……託児を必要とする家庭が雇用主となって契約を結び、自宅に来て子どもの世話をしてもらう。専属ベビーシッターを雇う場合も、家族手当公庫から援助をもらえる。保育ママが少ないパリでは専属ベビーシッターを頼むことが多い。

(4)保育学校……三歳〜六歳の子どもが通う小学校教育準備を目的とした教育機関である。カリキュラムは国で定めている。義務教育ではないが就学率はほぼ一〇〇パーセントである。公立校が七〇パーセントで無償である。学校なので託児機関ではない。しかし、昼間、託しておけるという意味では、託児所の役割を果している。三歳以上の子どもは一〇〇パーセント託児している。母親にとってありがたいのは給食があることである。施設に余裕のある場合、二歳児の一部も受け入れている。EU内では他に例がない。フランスの女性の働き安さに大きく貢献している。

(5)アルト・ガルドリー(託児所)……保育園に通っていない子どもを預かる託児機関である。共働きの家庭でなければならないというような制約がない。週に二日、三日、午前中だけというような、預けられる時間に制限がある。公立と私立があるが、私立であっても自治体から託児所に補助金がでる。定期的に通うことが推奨されている。いわばパートタイム保育園といったところ。ベビーシッターに預けている母親も、子どもに社会生活を経験させるために通わせるケースが多い。普通、保育学校、初等学校の終業時は午後四時または四時半である。迎えが来る六時半まで子どもたちが大人の監督のもとに学校内に残っているシステムがガルドリー（延長保育）でありエチュード（宿題クラス）である。ガルドリーは、学校の敷地を借りているだけで、学校が終わるとモニターがやってくる。エチュードは学校が組織していて教員がその日の宿題をやらせる。

（6）余暇センター……学校が休みになる水曜日と夏休みなどの長期期間中、子どもを集めてスポーツ、文化活動をさせてくれる組織である。独自施設を持っていることもあるが、たいていは学校の敷地と校舎を借りて活動している。子どもたちを校外に連れ出してコンサートや劇場に行ったり、美術館やプールに引率したり、公園でピクニックをしたりもする。水曜日と長期休暇は登録が別になっており、休暇中の参加は、休暇ごとに募集が行われる。年に五回も休日があるフランスになくてはならないシステムである。これらのサービスは、自治体が統括しているので低価格で利用可能である。

このような子育ての支援施設のほかに、単親家族への行政からの援助も充実しつつある。

（1）単親手当……独身、死別、離別などの理由でパートナーがなく、一人で子どもを産むことになる妊産婦や死別、離別の理由で単親となった人が対象、過去三カ月間の収入の平均が単親手当ての最高額を下回る場合、離別、死別から一年半以内に申請すれば受給できる。考慮される収入は、給与、養育費、また給付金などの合計額である。給付される額は、単親手当て最高額と収入総額の差額に住宅援助が加算されたものとなる。単親手当の最高額は十二万円、住宅援助が一万七千円である。

（2）乳幼児迎え入れ手当……出産や養子縁組で親になった人に与えられる。所得制限があり、単親家庭に限ったものではなく、夫婦ともに収入が低い場合にも受給できる。期間は誕生・養子受け入れから三歳の誕生日の前月まで。給付額は二万八千円である。

（3）養育費補助手当……養育費に関する取り決めをした文章があるにもかかわらず、二カ月以上、養育費の支払いが滞っていることを証明できる場合、家族手当公庫が養育費取立てを肩代わりするとともに、必要時に養育費相当額を支給する。

（4）家族支援手当……片親に認知されず、養育費などの援助が受けられない子どもを持つ単親が申請できる。単親のみが対象ではなく、両親を失った孤児を引き取った保護者も受け取れる。支給額は一万四千円。両親ともいない子どもの場合は一万八千円である。

（5）就職促進最低所得保障……受給資格は二十五歳以上もしくは扶養する子を持つ生活困窮者である。外国人でも三年以上正規滞在していれば資格がある。仕事を探すことを条件に申請できる。失業手当の給付期間を過ぎて、求職者リストから外された場合にも申請できる。支給額は子どもが一人いる単親の場合十万七千円になる。三カ月ごと審査があるが更新できる。

（6）住宅手当……単親家庭に限らず申請できる手当て。支給額は、住宅の種類と世帯構成、職業状況と個人所得などを考慮して算出される。

また、結婚という制度に縛られない男女のカップルが結ぶ契約がある。パクスと呼ばれている。

（7）PACS（連帯民事契約）……性別を問わず、成人二人のあいだで共同生活を営むために結ぶことができる契約で、一九九九年に結婚しないカップルに対する法の空白を埋めるために成立。しかし、法的手続きを経なくとも、男女カップルに対しては既に同棲しているだけで、住居、社会保障、子どもができた場合の家族手帳の交付など様々な権利が、結婚したカップルと同等に保障されているので、直接的には同性愛カップルにとってありがたかった。これまでは、カップルの片方の名前で住居の賃貸契約が結ばれていて、その名義人が死亡した場合、残されたものが異性の同棲者であれば、賃貸契約を結ぶことができる。しかし、同性の同棲者にはその権利がなかった。パクスを結ぶことで、同性愛カップルにも権利が保障された。ところが、同性愛のカップルだけでなく異性愛のカップルでも結婚を回避する手段としてパクスを利用するケースが増加した。二〇〇六年には結婚数二十七万件に対し、八万件のパクスが生まれた。これまで協議離婚でも裁判所の判定を必要としたが、パクスは一方の意思だけで契約を解消できるため若者たちに受け入れられた。結婚すると普通は夫婦財産共有制になるのに対し、パクスでは別財産制になる。ところが、容易なだけに、さすがにこのカップルには養子縁組をする権利が保障されていない。同性愛者のカップルには親になる権利は認められていない。

フランスでは大家族になると次のようなメリットがある。

（8）大家族カード……子ども三人以上の家族に発行されるカードでこれをもっていると、電車やバスは半額になる。遠距離列車は三〇パーセント割引となる。その他、美術館、映画館、プールなどの割引もある。

（9）育児休日の延長……EU委員会は二〇〇八年に育児休暇の最小日数を延長するように提案した。十四週〜十八週までである。フランスのナディヌ・モラノ家族担当閣外大臣は、「経費はかかりそうであるが興味深い」と発言した。議会の採決では「フランス法が進歩するまで待つべし」とした。しかしながら、フランスの主張では「すでに法的な備えが完全に整っている。フランスの女性は育児休暇を最低十六週間とることができ、出産の前後に取り分けてとることができる」と。しかし、EUの他国の指摘では、「この間の女性の給料は低く抑えられている、改善の余地がある」としている。

参考文献

“Universitas”, Feb, 1995.

“WHAT IS SOCIAL CASE WORK? AN INTRODUCTORY DES-CRIPTION” MARY E. RICHMOND, NEW YORK, RUSSELL SAGE FOUNDATION,1922.

『人間の発見と形成』メアリー・E・リッチモンド著、杉本一義訳、出版館ブッククラブ、二〇〇七年

「フランスにおける出生率の動向と家族政策」ジェラール・キャロー著『先進諸国の人口問題』阿藤誠編、東京大学出版会、一九九六年九月

「フランスの出生・家族政策とその効果」小島宏著『先進諸国の人口問題』阿東誠編、東京大学出版会、一九九六年九月

『母性という神話』E・バタンデール著、鈴木晶訳、ちくま学芸文庫、一九九八年

『フランスから見る日本ジェンダー史』棚沢直子・中嶋公子編、新曜社、二〇〇七年

『フランス家族事情』浅野素子著、岩波新書、一九九五年
『日仏カップル事情』夏目幸子著、光文社新書、二〇〇五年
『パリママの24時間』中島さおり著、集英社、二〇〇八年
『パリの女は産んでいる』中島さおり著、ポプラ文庫、二〇〇八年
『心やさしく生き生き育てる』エドヴィジュ・アンティエ著、中谷和男訳、毎日新聞社、二〇〇四年
『産める国フランスの子育て事情』牧陽子著、明石書店、二〇〇八年
"France Soir", Oct, 2008.
『母の刻印』クリスティアーヌ・オリヴィエ著、大谷尚文訳、法政大学出版局、一九九六年
『母親の役割という罠』フランシーヌ・コント著、井上湊妻子訳、藤原書店、一九九九年
『フランスの学歴インフレと格差社会』マリー・ドゥリュ＝ベラ著、林昌宏訳、明石書店、二〇〇七年
『「婚活」時代』山田正弘、白河桃子著、ディスカヴァー携書、二〇〇八年
『ジェンダー』イヴァン・イリイチ著、玉野井芳朗訳、岩波書店、二〇〇五年
『家族』岩上真珠著、有斐閣コンパクト、二〇〇三年
『フランス父親事情』浅野素女著、築地書館、二〇〇七年
『〈子供〉の誕生』フィリップ・アリエス著、杉山光信・杉山恵美子訳、みすず書房、一九八〇年
『世界の女性労働』柴山恵美子・藤井治枝・守屋貴司編著、ミネルヴァ書房、二〇〇五年
『ジェンダー化する社会』姫岡とし子著、岩波書店、二〇〇四年
『ダブル・アイデンティティ　働く母親』スー・シャープ著、翻訳工房「とも」訳、創元社、一九八六年
『ジェンダー・セクシャリティ』田崎英明著、岩波書店、二〇〇〇年
『暴力なき出産』フレデリック・ルボワイエ著、中川吉晴訳、星雲社、一九八一年

[2] ダニの感覚器官と環世界

はじめに——日本におけるマダニの被害

最近、日本国内で成人がダニによる感染症で死亡したニュースが話題になった。二〇一三年一月に最初の感染報告がなされた。ダニに噛まれ、ウイルスに感染し、発熱、嘔吐、下痢などの症状を起こし、死亡したとある。今回、人間を死に追いやったダニはマダニという種類である。家のなかに発生するダニとは別の種類である。でも、決して珍しい種類ではない。マダニは草むらのなかに生息し、誰もが接触するリスクを負っている。

それから一年後の二〇一四年五月の時点では、のべ五十三人が感染し、二十一人が死亡したとある。死因は国立感染症研究所の報告によれば「重症熱性血小板減少症候群(SFTS)」とされる。以下その報告を紹介する。血清フェリチンの上昇や骨髄での血球貪食像も認められたという。致死率は六・三～三〇パーセント。感染経路はマダニを介したものが中心だが、人から人への感染も認められていると。発生者は八十五人、男女比は三六：四九、平均年齢七十三歳である。五月の発症が多く、西日本の十六県から報告されている。

これだけの毒性のある動物がわれわれの生活のまじかなところに生息しているのにその特性についてはあまり知られていない。少し調べてゆくと驚くべき特性を備えた動物であることがわかる。

そもそも、ダニは節足動物門クモ形綱ダニ目 Acarina に属する陸上動物である。全世界に約三万種、日本に約一五〇〇種がいる。ダニ類がこの地球上に現れたのは、スコットランド東部の古生代デボン紀の地層から化石が発見されたというので、約三億年前である。ダニの形態にはかなり幅がある。多くは〇・四ミリ〜〇・七ミリ、体は卵円形、頭、胸、腹が分割されておらず、四対の歩脚を持つ。触覚、羽、複眼はない。あるものは一対または二対の単眼を持つ。口器は一対の鋏角と一対の触肢からなる。鋏角は一個ずつ上下に噛みあうハサミのかたちをしている。歩脚の先端には一〜三本の爪がある。[1]

マダニの特性

今回のマダニは通常時でも二ミリ〜三ミリもあり、大きいので肉眼でも見える。植物の葉の先に身を隠し、通りすぎてゆく動物を待つ。動物がそこを通ると付着する。決して飛び降りたりしない。その際に活躍するのがハラー氏器官(Haller's organ)だ。この器官が優れものである。

この器官はマダニの第一脚末節背面にあり、昆虫類の触覚に相当する器官である。二酸化炭素の匂い、特に酪酸に強く反応する。他に体温にも反応するので、実験で毛の生えた器官の上に落ちたとしても反応せず、そこから離れ落ちてしまう。寄生相手の体温を感知する。また振動にも敏感に反応する。自分の吸血行為の実行のために目的化された器官といえる。他に、胴部の背面にある外皮を覆う固い組織を持っている、これを背板という。背板はそこにある内外部器官を保護している。うまく相手の上に乗り移れたら、その動物の皮膚の一番薄く、吸血しやすいところを探す。普通の哺乳類では頭部、目、鼻、耳の近くを狙う。

マダニの吸血は噛むことから始まる。鋏のような口器は皮膚の表面を切り裂く。さらに口下片と呼ばれるギザギザの歯を差し入れる。これで外に少々引っ張られても放り出されることはない。宿主の動物の皮下にある血液のたまったプールから吸血する。このとき、マダニは口下片から優れた効果を発揮する唾液を相手の体内に分泌する。唾液はセメントのように固く固着する。血液が無駄に漏れ出るのを防ぐ。

セメント状物質を注入した後には抗凝固物質、抗トロンボキナーゼ活性因子、アピラーゼによる抗血小板活性を分泌して血液の凝固を防ぐ。加えてエステラーゼ、アミノペプチターゼ、ブロスタグランジンE2などの物質を含む唾液を分泌。局所の炎症、充血、浮腫、出血を引き起こし、吸血を円滑に進ませるのにひと役買う。それに、めったなことでは宿主から離れることはない。これで安心して吸血に集中できる。

マダニは一週間ほど吸血を続ける、その間、一ミリリットルもの血を吸っていながら体内で三分の一に濃度を凝縮しているのだ。濃縮された血液中の水分は中腸に吸収され、唾液となって宿主に戻るか、もしくは基節腺分泌により体腔内から排泄される。

マダニはお腹いっぱい血を吸うと、セメント溶解成分を含む唾液を分泌し、宿主から離れやすくする。唾液中には様々な生理活性物質が含まれており、これが吸血の際に宿主に致命的なダメージを負わせる。これをダニ麻痺症という。

マダニは人間も寄生の対象とする。山登りなどに行った際、知らないうちに咬まれることがあるので要注意である。体が小さいのでわかりにくい。日が経つにつれ大きくなってゆく。

セメント状の唾液で固定してあるので、無理に引き抜こうとすると、頭部や口器が体内に残ってしまう可能性がある。また、マダニの体を指で強く掴もうとすると、体液が逆流して感染症になるリスクを増す。そんなときは病院で切開してもらうとよい。

マダニは一度宿主の体から離れると休眠期間という成長と脱皮の時間を設ける。その後、成長したマダニは別の宿主を見つけ、吸血、休眠をする。この吸血と休眠のサイクルを生涯に三度繰り返す。三度目の吸血の際に成熟したマダニは交尾を行う。それも宿主の上においてである。一部のマダニは単性生殖なので交尾は必要ない。

地上に落下したマダニのメスは数百個から数千個の卵を産む。産卵後はあっけなく死んでしまう。膨大な養分の消費と複雑なメカニックが全て子孫を残すためにあるのがわかる。

動物行動論的考察――フォン・ユクスキュルの場合

ヤーコプ・フォン・ユクスキュルは一八六四年九月八日、エストニアのグート・ケブラスの由緒ある貴族の家に生まれた。ドルパト大学で動物学を学ぶ。そののちハイデルベルク大学の生理学者のキーネ(Wilhelm Kuhne)のもとで無脊椎動物の比較生理学の研究に着手した。「環境世界」という発想はこのとき生まれたとされている。

この環境世界という概念は当初、科学的ではないとみなされた。師のキーネが死ぬと大学を離れ、東アフリカ沿岸で研究を続けた。一九〇七年、ハイデルベルク大学から学位を得るが、ポストを得ることができなかった。その後は在野で比較行動学の研究を続けた。一九二五年になってハンブルク大学の「環世界研究所」(Institut für Umweltforschung)に名誉教授として招かれ、一九三六年まで働いた。

その後はハンブルク動物園の水族館長となった。ここで十年間ほど多くの若い仲間と華々しい研究を続けた。彼の見解は徐々に受け入れられるようになった。そしていくつかの大学から博士号を得た。一九四四年七月二十五日、イタリアのカプリ島で生涯を閉じた

ユクスキュルは生涯の研究をとおして、それまでの「人間中心の考え方を、生物から見た世界として明確に退け、生物中心の世界観と認識論をたいへんリアルに展開した[1]」のである。なんといっても動物学者としての彼の業績は環境という概念を打ち立てたところにある。この概念によって、彼は生命科学における人間中心主義的な視点の放棄と自然に対するイメージの脱人間化を図ろうと

した。この概念は二十世紀の哲学者たちに多大な影響を与えた（ハイデガー、メルロ＝ポンティ、フーコー、ドゥルーズ、デリダなど[2]）。

環世界(Umwelt)とは何か

ユクスキュルはまず環世界（Umwelt）という概念を、近接する周囲（Umgebung）や世界（Welt）と区別する。環世界はさまざまな有機体にみられる固有の行動環境を意味する。一方、周囲は生体にとって信号の価値と意義をもつ興奮の総体である。

ある生体に対する働きかけは、物理的な興奮が生み出されるだけでは十分とは言えない。それには、その生体によって気づかれることが大切だ。興奮は生体に働きかけを行うが、それは生体の関心の方向づけを前提とする。つまり興奮は対象から生じるのではなく、生体から生じるのである。興奮が有効になるには、生体の態度に予想されていなければならない。生体が何も求めなければ、生体は何も受け取らない。それは生体が興奮に反応する単なるマシーンではなく、各シグナルに応答するマシーンのコンダクターだからだ。

問題は興奮の数が無制限にあるということだ。生体の周りにはそれほど物理的環境が豊かなのである。動物はこれらの無数の興奮を生み出すシグナルのなかから、わずかな知覚標識（Merkmal）だけを保持する。生体の環境内事物と保持する関係は、ややもするとわれわれ人間が持つ諸対象との関係と同一な時空のなかにあると思われがちだが、そうした考えはすべての生物がある単一の世界に位置づけられているという考えに基づいている。

生体のリズムは、空間を秩序づけるが、そうした環世界の時間をも秩序づけているのである。ビュフォンとラマルクは「時間と有利な状況が少しずつ生体を構成する」と言っているが、ユクスキュルはその関係を逆転させ、時間と有利な状況は、あれこれの生体に相関的である、と言う。それゆえ環世界は周囲から選択的に抜き取られたもの、と言えよう(3)。

ところが、この環世界は人間にとっては環境のことである。それは、遠近法的に知覚可能で、実用主義的な経験が可能な、日常世界のことである。動物の外部にある環境は人間主体によって中心化されたり、方向づけられたりする。同様に動物の環世界は、生体の本質をなす生命的諸価値の主体との関係によって中心化された環境にほかならない。よって動物の環世界には有機的構成の根底に、人間が環境のなかで個体としての主体を持つように、主体性を持つのだ。あらゆる生物にとって等質な時空は存在しない。ミツバチ、ハエ、トンボは、われわれが観察するような同一な時間や空間を生きているわけではない。周囲はわれわれ人間に固有の環世界ではあるが、それが特権になるわけではない。環世界は観察者の視点次第で変化し得る。意味の担い手である極微な細部があれば、それはときには環境の変化に応じて別の要素となる。

あらゆる環境は、それ自体のうちで閉じている。それは人間の周囲から、知覚標識を選択的に選んだ結果、生じる。動物観察者が最も気をつけなければいけないのは、動物の環世界を構成する意味の担い手を探し出すことである。この意味の担い手こそ、動物に具わる受容器官に対応した、機能的統一性をなすものだ。各受容器官は知覚器官(Merkorgan)や作用器官(Wirkorgan)に充てられている。外部の意味の担い手と動物の体内の受容は対応関係にある。

自分の諸器官を用いて、どの動物も、周囲の自然から自分の環世界を切り取る。この環世界とは、その動物にとって何らかの意味を持つ事物、つまり、その動物の意味の担い手だけによって満たされている世界である。(4)

この点に関しては病理学者のクルト・ゴールドシュタインは疑問を呈している。(5) 生体をその環世界と区別しないならば、どのような関連した研究も不可能となる。かたや規定性は相互浸透のために消滅してしまうし、全体性のほうはといえばそれを考慮に入れると認識を殺してしまう。認識が可能となるには、そうした有機体‐環世界の全体性のうちに、そこから初めて諸関連の窓口が開かれていけるような、非規約的中心が現出してくる必要があるというのである。ところが、ユクスキュルは空間内のあらゆる事物はこの中心に向けられているという。それには生体に備わった感覚能力の力を借りる必要がある。

感覚能力には、外的刺激を感覚へ転換するという課題がある。空気の波動を音へ、エーテル波は色へ、皮膚への刺激は触角と温覚へ転換させなければならない。すべての感覚はパラ生物学的に環世界の空間のなかへ移し入れられ、そこで環世界に存在する事物の性質になる。つまり、感覚器官をとおして具体的でリアルな世界に入り込むのだ。ここに至って初めて意味の世界が生じてくる。というのは、生物が各環世界で見出す事物は一定の意味を持つからだ。それを「意味の世界」とする。

ここで、ユクスキュルはこの意味の世界と感覚器の関係についての仮説をたてる。それは、ある動物の世界において区別されうる事物が少なければ少ないほど、その動物にとっての意味はいっそう明らかになってくるのではないか、ということである。

動物は生の劇場で演技している。生の場面を演じる役割の担い手であるとみなすことができる。生の場面は繰り返し再演される。動物の役目は生まれつき定まった生活にとどめ置くことだ。生の場面が展開されるなかで、生体の体験はその要求とともに変化する。たとえば、生体が空腹感を持ったとき、食物摂取に駆り立て、満腹感に至ろうとする。内的な変化が生体の外部での歩みに新しい道を開く。それが個体発生のあいだに細胞輪舞を導き、あらゆる発展段階を相互に結合し、統一的な時間のゲシュタルトに練り上げてゆくのである。

これまで、時間なしに生きている生体はありえないといわれてきたが、いまや生きた主体なしに時間はありえないといえる。時間は同じタイムスパンのうちに生体が体験する瞬間の数に応じてそれぞれの環世界ごとに異なるのである。(6) 現代の物理学者たちにおいてすら、あらゆる生物に通用する空間をもつ、宇宙の存在があるという発想に疑問がもたれるようになってきている。

そのような空間がありえないのは、各人が互いに満たしあい補い合うが、部分的には相容れない三つの空間（作用空間、触空間、視空間）に生きていることから明らかであると、ユクスキュルは言う。

知覚標識――空間、時間、形態、運動

次にユクスキュルの知覚標識の概念について見ていこう。

作用空間は、目を閉じて手足を自由に使おうとすると、その運動の方向も大きさも認識できる。それだけでなく作用空間はいくつかの直行する平面からなるその支配系、座標軸を持つ。それがすべての空間既定の基盤をなすのだ。

触空間はといえば、その基本的構成要素は場所である。場所も生体の知覚標識によって存在する。場所の感覚が生じるためには知覚記号がいる。各記号は触空間のなかである場所を生み出す。ある動物にとって、場所のモザイクは触空間の場合も、生体が環世界の事物に与えるもので、環境のうちにあるものではない。ネズミやネコの場合、たとえ視覚に障害が起きても触毛さえあれば大丈夫である。

目のある動物においては、視空間は触空間とはっきり分離する。目の網膜には視覚エレメントが並んでおり、それぞれに環世界が対応している。各視覚エレメントには局所記号がひとつずつ届く。触空間と同様に視空間でも場所相互の結合は方向歩尺によって生じている。

生体にとって時間は瞬間の連続である。時間は同じタイムスパンのなかで主体が体験する数に応

じて各環世界ごとに異なる。瞬間は、これ以上分割できない最小時間の器である。なぜなら、それは分割できない基本知覚であるからだ。

空間と時間は、生体に直接利益を生ぜしめず、多数の知覚標識を区別しなければならないときに意義を持つ。それらの知覚標識は、環世界の時空的骨組みなしには成り立たないからだ。しかし、もともと単体の知覚標識しか含まれない環世界ではそうした骨組は必要としないのだ。

ダニの生命現象は三つの反射だけからなる。それらも一つの共通の知覚器官で賄われている。すなわちダニの環世界では、酪酸刺激、接触刺激、温度刺激だけであるにもかかわらず、一つの像を形成している可能性が高い。形態と運動はより高等な生体の知覚世界において登場してくる。動物の環世界では静止した形態と動いている形態は、それぞれ独立した知覚標識である。運動は形態を持たない独立した知覚標識として現出することもある。キリギリスを追うコクマルガラスやハエの雌を追う雄がその例である。

形態の問題は(Formproblem)単純な定式に集約される。すなわち、知覚器官の局所記号に対応する知覚細胞は二つのグループに分かれる。一つは「開いた」パターンに対応し、もう一つは「閉じた」パターンに対応する。それぞれのパターンが出現すると知覚像が生まれる。

ミツバチの知覚像は「色」と「匂い」に満ちている。環世界を観察するときには、目的という概念を捨て去るべきである。それが可能となるのは、自然設計という観点から動物の生命現象を眺めてみることで可能となる。昆虫は自然設計に支配されている。その設計により知覚標識が決定されている。生体の目的と自然設計とを対比させると本能の問題を説明できる。本能は個体を超えた自然設計を否定するために持ち出される。設計が物質で表わされないので、正しく概念化できないためだ。

節足動物の環世界では、感覚器官から生じた知覚像が、その結果現れる行動に対応した作用像(Wirkbild)によって捕捉され、変化する。

ダニの場合には、獲物から意味ある刺激として届くのは、落ちる、走り回る、食い込む、という作用トーンからである。この作用トーンを考慮に入れると、環世界は動物にとって大きな確実性を持つ。生体が実行できる行為が大きいほど、その動物は環世界で多くの対象物を識別することができる。環世界は貧しいものだが、それだけ確実なものになっている。物が少ないほうが、たくさんある場合より、勝手がわかりやすい。

単純化された機能仮説

この点に関して、ハンナ・アーレントはアードルフ・ポルトマンの「単純化された機能仮説」を持ち出しながら、生命は単に生存を目的とする組織だけにあるのではない[7]。その形態は多彩であるが、役に立たずにその生物を危機に貶めてしまうという。というのも、多彩な形態はただ自己を提示しているだけだからだ。

メルロ＝ポンティはそれを「無用な複雑さ」と呼んでいる[8]。彼は、ポルトマンが念入りに作り上げた所見に存在論的な次元を与え、生物学的機能主義から避難させる。そのためにはデカルトが締めだしている色彩、匂い、触角の印象を復権させる。

環世界に生きる生体はこの単純化を推し進める方向と複雑化を追い求める方向に分かれてゆく。単純な感覚器官は確かに環世界内に安定した存在を可能とする。その方向に進む生体の意志は、より複雑な機能を持つ生物との連続性を絶たれたかに思えるが、単純な感覚器-神経-脳という複雑化を進まない生体は、種の生存の賭けをしたといえよう。ここに環境論者ユクスキュルの真意を読み取ることができる。

それぞれの環世界を生きる生体は自分の感覚器を単純化し生体機能をできるだけ退化させ、持続可能な種の選択の過程を進む。

抑止解除する環世界

ハイデガーは一九二九年〜三〇年、動物と人間あいだについての講義で、「ただ生きているだけ」と見られる動物と「そこに実存する人間」との違いについて考察している。その抑制された講義のなかでハイデガーは、動物と人間とのあいだに存在する深淵において、「あらゆる親密さを喪失し、いっそう思惟しがたいものとして立ち現われてくるのは、動物性であるだけでなく、人間性もまた、とらえがたい不在のものとして現れている(9)」と言っている。

ハイデガーは講義でユクスキュルに言及することが彼の哲学的思索に有効であることを認めてい

る。ユクスキュルの研究は「今日優勢な生物学について哲学がわがものにできるもっとも実り多きもの」と絶賛している。

講義では、ハイデガーは動物においては「世界は窮乏している」と定義する。環世界をハイデガーは抑止解除するものと捉え、動物はその動物の抑制を解除する円環のうちに閉ざされているとする。たとえ他の動物との関係性が成り立つとしても、自らを奮い立たせてくれる動物としかそれは成り立たないからだ。

ハイデガーは環世界のうちで動物は抑止解除するという。動物はそこにおいて朦朧とし、麻痺状態にあり、心を奪われた状態にある。動物は抑止解除するものに対しては、行動したり、対峙したりできない。ハイデガーはミツバチを例にとり、蜂蜜を満たしたグラスに一匹のミツバチを置き、蜜を吸わせる。そのミツバチの腹部を切断すると腹部のなかから蜜が流れてくる。ミツバチはそれにお構いなく蜜を吸い続ける。

ユクスキュルのこの実験を例にとり、ハイデガーは「ミツバチは夢にも気づくそぶりはなく、いやそれどころか、まだ蜜があることに気づいていないからこそ、本能的な衝動を続けるのだ。むしろ、単純にミツバチは餌に気を取られている。この気を取られているということが可能なのは、ひとえに、本能的な〈外-向〉が現前しているかぎりのことである。本能にかりたてられたこのような存在がすっかりとらわれてしまっているせいで、事物的存在に気づく可能性も同時に排除されてしまう。まさに餌にとらわれているせいで動物は餌に対峙することができないのである(10)」と説明する。

ハイデガーは、そもそも動物には知覚の可能性が剥奪されているとしている。ミツバチの例では、ミツバチは「知覚すること」を行わず、ただ振る舞っているだけである。知覚の可能性は奪われたままである。だから動物は放心するのだ。動物の放心は、本質上、存在者が動物に開かれているか、それとも閉ざされているかといった二者択一の可能性の外に、動物を位置づけるのである。それが意味するのは、動物は、それ自体としては、存在者の露見性のうちにいない、ということである。動物のいわゆる環境も、動物そのもの、存在者としてはあらわにされないのである[11]。

露見性がないというのは、動物が××に心を奪われているからなのである。動物は心を奪われた開示性のうちで、本能的放心へと、なにがしかの方法で駆り立てられている。さらに言えば、動物にとって、存在者は開かれているが近づくことができない。つまり、非関係性のうちで開かれているのである。「放心に開かれた存在とは、動物の本質的な所有なのである」[12]。

さすればハイデガーは、この開かれてあることからは、抑止解除するものが存在者として露見する、自らをあらわにする、可能性が奪われている、と定義づけるのである。

それでもメルロ＝ポンティに言わせれば、階層の上下間、「計画が内部に組み込まれた動物、自らに計画を与える動物と、計画なき動物[13]」とのあいだに断絶はないのだ。その世界では不在から構成に至る段階のうちに断絶はない。

動物界は閉ざされることのない独自の領域であり、文法のようなもの。終わりのない分節法の可能性のようなものである。動物の楽句はみな放出であり獲得である。確かに動物は、それぞれ固有の時空という築のなかに捕らわれてはいる。だが、そこにはつねに開口部があり、システムは閉ざされていない[14]。メルロ＝ポンティは「動物とは合目的性の表れではなく、むしろ表出や提示の表れ」と言っている。

ミツバチの例では、ハイデガーは決してミツバチがその本能的放心のなかで対象性と一致しようとする意志・選択を見ることはない。抑止解除のなかに感覚器‐神経‐脳と向かうことへの、動物の本能的拒否を見ることもない。ハイデガーの人間中心主義への批判的考察はここまでと言えないか。

一方、メルロ＝ポンティは放心のなかで動物がもつ自由を見出す。動物は自発的な行動のスタイルを持ち、かなりの欠陥を持ち、さえないパートナーを選択したりするが、外部の対象をファンタジーとして定立させる。この動物が構築する象徴の構築物は、動物に前‐文化が存在することを示している。

機械に近い動物から、計画づけられているがその本能には遊びがない動物を通って、まったく計画がない動物に至るまで切れ目なく線をたどってゆく。すると目的の方向づけが乏しくなり、その結果、新しい関係が可能となり、環世界へと上昇してゆくのがわかる[15]。

そこには、動物の意識あるいは主体の意識を持ち出すのは無理かもしれないが、晩年のフッサールがいう感情移入(Einfühlung)の可能性が見出せる。

なぜなら、ユクスキュルに従えば、動物をとりまいている世界は互いに連携したり、体系を形作ったりしている一方で、われわれ人間の環世界は動物の環世界を含んでいるわけなので、動物の諸世界を知ることは記号体系の解釈に帰するからだ[16]。

ユクスキュルは、われわれの環境世界に含まれないこの周囲を自然と名づける。メルロ＝ポンティは、ユクスキュルが環世界、周囲の環境に人間の主体を閉じ込めないで、開かれた超越論的領域、構造的自由と考えたことを評価している。メルロ＝ポンティはユクスキュルの考えをさらに進め、諸事物は首尾よく成功した「感情移入」の変種であり、狂人や動物と同様、ほぼ仲間に準ずるものとする。

この超越論的な視点からすると、階層、レベル、従属関係は消える。超越的であるとは水平的であるということである。謎めいた「相互-動物性」(Inter-Animalité)が、認識にかかわりすぎていた相互主観性に取って代わった。「相互-動物性」はわたしの実体から抽出されたそれらの存在から生み出されている。つまり、人間と動物のあいだの共感や、人間と精神異常者のあいだ、人間と動物のあいだの共感を可能にさせた「わたしの肉に刺さった棘」から生み出されている[17]。

メルロ＝ポンティのほうがハイデガーより動物性についての考察では緻密だ。ハイデガーはフッサールの晩年の仕事やローレンツの仕事を知らない。

環世界とアレンジメント

環世界はジル・ドゥルーズにとって特別な意味を持つようだ。彼はユクスキュルの環境に対する考えのなかに付加され、結合された世界を見出す。

ダニの世界は、落下の重力エネルギー、汗を知覚するその嗅覚の特性、および生物を刺すという特性によって定義されるものだ。ダニは木の高いところに登り、通りかかる哺乳動物に向かってわが身を落ちるのにまかせる。ダニは哺乳動物を匂いで識別し、皮膚の窪んだところを刺すのである。(18)

動物の世界を規定するにあたってユクスキュルは動物がその一部をなす個体化したアレンジメントのなかで、その動物にとって許容可能な能動的情動と受動的情動をひとつ残らず見出していこうとする。

ダニは、(1)光に誘われるままに木の枝の先端までよじ登り、(2)哺乳動物の匂いを感じとると、哺乳動物が枝の下を通りかかったときに落下し、(3)できるだけ毛の薄いところを選んで

皮膚の下に食い込んでゆく。この三つがダニの持つ情動のすべてであり、それ以外の期間、ダニは眠っているのだ。(19)

ユクスキュルによればダニは、ときには十八年間も眠り続ける。ダニは飢えて待ち続ける最悪の状態と寄生する動物の血を腹いっぱい吸い込み、満足して死ぬ間に情動の変換を行っている。ダニは、飢えの果てに死んでしまうかもしれない最悪の状態を受動的に耐え忍ぶ。一方で寄生する動物を相手に自己にとって満足できる最良の能動的行動を取る、他の動物の情動と組み合わさり自分の力能を高めるという離れ業をやってのけている。

ユクスキュルはダニにおけるコード変換のシステムを見事な理論にまとめあげることに成功した。ダニにおいてコード変換が行使されるときには、そこで起こることは単なる加算ではない。新たなリズムやメロディーの誕生、そして移行ないし橋渡しの剰余価値が成立したのだ。

ユクスキュルの力をかりていまや生体は自分の孤立した個としての身体から他の身体とのかかわりのなかで自由にそのアレンジメントを行うことができることがわかった。

そうした自分の情動に見合った感覚器はできるだけ簡単にしておき、むしろ自分より多機能を持った動物の機能を自在に利用できるように自分の身体の適応性を高めておくことができるのだ。

註

(1)『生命の劇場』ヤーコプ・フォン・ユクスキュル、入江重吉・寺井俊生訳、講談社学術文庫、三〇四頁、二〇一二年
(2)『開かれ』ジョルジョ・アガンペン、岡田温司・多賀健太郎訳、平凡社、七三頁、二〇一一年
(3)『生命の認識』ジョルジュ・カンギュレーム、杉山吉弘訳、法政大学出版局、一六七頁、二〇〇二年
(4)『生命の劇場』ヤーコプ・フォン・ユクスキュル、入江重吉・寺井俊生訳、講談社学術文庫、一八三頁、二〇一二年
(5)『生体の機能』クルト・ゴールドシュタイン、村上仁、黒丸正四郎訳、みすず書房、四五〜四六頁、一九七〇年
(6)『生物から見た世界』ヤーコプ・フォン・ユクスキュル、日高敏隆・羽田節子訳、岩波文庫、五三頁、二〇〇五年
(7)『精神の生活(上)』ハンナ・アレント、佐藤和男訳、岩波書店、三六頁、一九九四年
(8)動物たちの沈黙』エリザベート・ド・フォントネ、石田和男・小幡谷友二・早川文敏訳、彩流社、六五五頁、二〇〇八年
(9)『開かれ』ジョルジョ・アガンベン、岡田温司、多賀健太郎訳、平凡社、八八頁、二〇一一年
(10)同、九二〜九三頁
(11)同、九五頁
(12)同、九九頁
(13) Maurice Merleau-Ponty "La Nature", notes de cours, Collège de France, textes établi par D. Seglard, Paris, Edition du Seuil, 1995, cours de 1957-1958, p20. 同講義録の要約版が『言語と自然：コレージュ・ド・フランス講義要録 1952-1960』(滝浦静雄・木田元訳、みすず書房、一九七五年)として翻訳されている。
(14)『思考する動物たち』ジャン＝クリストフ・バイイ、石田和男・山口敏洋訳、出版館ブッククラブ、一一四頁、二〇一三年
(15)『動物たちの沈黙』エリザベート・ド・フォントネ、石田和男・小幡谷友二・早川文敏訳、彩流社、六六〇頁、二〇〇八年
(16)同、六六〇頁
(17)同、六六二頁
(18)『千のプラトー』ジル・ドゥルーズ、フェリックス・ガタリ、宇野邦一他訳、河出書房新社、七一頁、一九九四年
(19)同、一二九六頁

参考文献

『日本大百科全書』(No.14)小学館、一九八七年

『ダニの話』(No.1)江原昭三編、技報堂出版、一九九〇年
『ダニと病気の話』江原昭三編、技報堂出版、一九九二年
『衛生動物学ノート』板垣博、今井壮一、大塩行夫、講談社サイエンティフィック、一九八九年

[3] 認知症(Dementia)の社会人類学的考察

今日は認知症についてどちらかというとその対策面からのアプローチがあったと思います。この座談会では少し視点を拡大して、「人間の生」について考えていけたらと思います。

まず、認知症について、今日よく見られる種類を簡単にご紹介してみたいと思います。

認知症の種類

(1)軽度認知障害▼一年で一三パーセントが認知症に進む。記憶障害はあっても日常生活は可能。手助け不要。買い物はできる。料理の味が変わることがある。抑うつ、意欲低下、不安、怒りぽっくなる。やがて、物忘れがひどくなり、お金の計算が出来なくなる。もっと進行すると家族の顔もわからなくなる。

(2)譫妄▼意識障害の一種。急激に発症する。一過性。意識の混濁により集中が困難になる。記憶・言語障害、時間や場所がわからなくなる。一週間～数カ月間に症状が進む。

(3)アルツハイマー型認知症(AD)▼脳の神経細胞が変形し、死滅、脱落し、脳全体が縮小して行く病気。認知症の原因として一番多い。六割～七割を占める。遺伝性が非常に強い。物忘れが多くなる。お金が見つからない、取られたという。はじめは物忘れが起こり、日時がわからない、できないことに言い訳をする、他人の前でとりつくろう。治療薬も出始めた。

(4)レビー小体型認知症▼パーキンソン病に伴う認知症。認知症の二割を占める。頭がはっきりしているときと、そうでないときの差が激しい。いない人や動物が見える。見えたものに話しかける。追い払う反応をする。誰かが家にいるという。身近な人を別人と思う。運動障害、抑鬱症状が出る。睡眠中に大声を発する。失神や立ちくらむ。これは脳血管の血流が遮断されおこる意識消失。便秘がある。動作が緩慢になる。悲観的になる。

(5)脳血管性認知症▼三割～四割を占める。症状としては、意欲がなくなり反応が鈍い。動作が緩慢。悲観的でやる気がない。しゃべるのが遅い。言葉が不明瞭。手足に麻痺がある。飲み込みにくくむせる。感情がもろくなる。思考が鈍く、返答が遅い。

(6)前頭側頭型認知症▼他人の気持ちの配慮をする前頭葉と、言語理解をつかさどる側頭葉の神経細胞が変性、脱落することでおこる。症状としては、物忘れは目立たない。性格が変わり、社会性がない。甘いものが好きになったり、怒りっぽくなったりする。同じ経路でグルグル歩き回る。我慢できず些細なことで激昂する。こだわりがある。まとめ買いをする。決まったことをしないとすまない。ころころと気が変わりやすい。万引きなどをする。じっとしていられない。病識がないので、その行動について、家族は周りの人たちから責められ、悩むことがある。本人は悪気はない。意欲はなく、何もせずぼんやりしている。

前田栄治氏の場合

ここで、NHKの番組で紹介された前田栄治氏の例を紹介してみたいと思います。前田さんは弘前市に在住しています。四十九歳で、物事を筋道立てて考えられなくなりました。奥さんの美穂子さんがMRIを受けることを勧められて、弘前大学病院でMRIを受けましたが脳に異常は見受けられませんでした。病院は家族性アルツハイマー病と診断しました。

それから九年が経ちましたが、脳の萎縮がほとんどありません。これからの認知症克服を考えるうえで参考になると思われます。

理由として考えられることは、

(1)認知症とわかったとき勤務シフトを変えてもらった。フォローしてもらえれば仕事を普通にこなせる

(2)ノートを持ち歩きメモをした

(3)普通の生活ができるように工夫

(4)奥さん「本人の好きなことをやらせ、ほめる、自信をもたせる」

（5）三十年続けてきた陸上競技のサポートをする。社会参加のカギは公表すること。周りの人がサポートしてくれる
（6）週二回のデイサービス・ボランティアへの参加
（7）月二回の認知症カフェでのボランティア
（8）計算能力を衰えないようにする
前田さんはできるだけストレスの少ない生活をおくっているので、病気の進行がくい止められていると思います。もちろん医学的な対策も欠かせません
医療的な対策として、
（1）薬は四種類を選んで飲んでいる
（2）運動は週三回三十分ずつ行っている
（3）生活習慣病に注意している。特に高血圧、糖尿病にならないようにしている
これらの結果、前田さんは元気に生活しています

東田千尋先生（富山大学和漢医薬学総合研究所）による治療
次に漢方の薬理学的な治療も進んできております。
神経細胞死より早期に起こり始めるイベント演者はアルツハイマー病の脳内において、神経細胞死より早期に起こります。

障害の引き金としては神経突起の変性とシナプス減少がある。そこで、和漢薬の帰脾湯を投与すると効果を表わしました。アルツハイマー病における神経突起の変性とシナプス減少の進行に関与することが示唆されているカルペイン（calpain）が、帰脾湯投与によって抑制されることがわかりました。

このことから、アルツハイマー病の脳内で生じている軸索&樹状突起の萎縮、ミエリ減少、シナプス減少といったさまざまな組織的変性のいずれに対しても帰脾湯が改善作用を示すことが明らかになっております。

古生物学的視点から

次に認知症を考えるうえで大事な視点です。フランスの古生物学者アンドレ・ルロワ゠グーランの視点から認知症の起源についてわたしなりに仮説を立ててみました。

いまから二百万年前、アフリカの大地は森林から草原に変わっていった。それまで樹上で生活していた人類の祖先は地上での生活を余儀なくされた。地上で生活するうえで安全のため草の上に顔を出すことを余儀なくされた彼らはこれまでの四足歩行から二足歩行に生活を変えていった。これが、人類のその後の進化に多大な影響を及ぼしていった。まず前足が自由になる。次に口が自由になる。獲物を口で運ぶ必要がなくなるから。そして唇ができる。このことが人間に言語を話す機会を与えるという結果を生み出す。

そして、タイミングよく頭にも大きな変化が起こる。それまで脳内にあった門が取れてスペースができたので、大脳が大幅に発展することができた。前に尖っていた口が徐々に後退してゆき顔ができる。このできた顔に感覚器が集中し、遠くを見るときに遠近法《パースペクティブ》が作用し、世界のゲシュタルト（総合性）が生じる。

いままでの神経を束ねていた脳幹に新たに生まれた感覚中枢と言語中枢が隣接したために、人類は大きく進化していったが、良い事ばかりはない。この神経と脳の結節点においてシステム上の変換障害が生じるようになっていった。ほとんどの精神的障害もこの部位におけるシステム機能障害といってもよいであろう。それでも、今日いわれる認知症が問題視されてこなかったのは寿命による。

健常者がこのシステム上の不備の影響を被るにはそれなりのストレスが生じないと現れない。今日のように世界的規模で長寿化が進むことによって、そのストレスが長期化し認知症を生み出しているといえないだろうか。

失語症的アプローチ

ドイツの大脳生理学者ゴールドシュタインの全体論的アプローチは後にゲシュタルト心理学や来談者中心療法を生み出してゆく。

臨床心理学のメインテーマの中心には脳における欠損、認知の不在の問題があった。今日の哲学のキーワードにおいては反哲学に通じます。哲学や心理学には真理や理性のテーマが主題となるが、その結果どこへ行くかというと無意味や反理性という、一見すると反対の概念にみちびかれる。これはギリシャの哲学の誕生期からあったテーマであります。

ソクラテスの「汝自身を知れ」「無知の知」はこの矛盾を表現したもので。人間が真理や理性から遠く離れた現実に立ったいるという認識から生まれてきたのです。

哲学は最初から臨床医学的なアプローチをしていたともいえる。それは、それ以前の神話、歴史、悲劇のなかでも扱われてきましたが、ソクラテスは真正面から取り組みました。ソクラテスは古代ギリシャのソフィストという知識人たちと論争して、彼らに論拠がないことを指摘しました。彼は徹底的に合理性、論理性を追究しました。ソフィストたちは論破されてしまいます。

でも、ソクラテスは自分が知者だということは言いません。自分は神ではない。自分は無知であることを知っているだけだ、というのです。普通だとおかしいですね、現代の説明では理解できません。ソクラテスは真理や合理性を人間のなかに求めようと長いあいだ追究してきて矛盾にぶつかります。それも、徐々にその現象が増えてくるのに気がつのです。

ある日、ソフィストたちと論争していたソクラテスは聴衆の前で無言になる。悪夢に襲われる。あまりに急なので対処するすべがない。人びとは、ソクラテスに悪神《ダイモーン》が乗り移ったと言います。ときにはそれが数時間、そして翌朝まで続くこともありました。

そうは思えないところがあるのです。かれは哲学的議論をしていて、あまりにも徹底したために、究極の認識に到達した。それは「世界の欠乏」という認識です。あまりにもたびたび起こるのでアテナイの市民たちは不安に襲われる。それも、ただ単に不合理なこと、矛盾があるという認識ではなくもっと本質的なこと。つまり、「認知の欠如」という認識です。あのアテナイで一番の知者であるソクラテスが究極的な到達点として言語を失うことになる。これは実に恐ろしいことです。

古代ギリシャはまだ不安定な社会です。それを支えてきたのが知者・哲学者でした。その中心人物がみんなの前で失神状態に達する。認知を失う。いままで駆使していた言語の世界から逸れてしまう。つまり、言語を介さない状態、動物の状態に逸れていく。そうすることで言語を失う恐怖から解放される。これがソクラテスの命取りになります。裁判にかけられ有罪となり死刑を宣告される。結局、かれは牢獄で毒杯を仰いで死ぬ。それは人びとを恐怖に貶めたからです。

ソクラテスは死ぬ前に、友人に医術の神であるアスクレーピオスにお礼をしてくれと依頼します。彼もほっとしたのだと思われます。

同じような認識はギリシャの悲劇作家たちのあいだにもありました。ソフォクレスの『オイディプス王』です。この作品は精神分析の考案者であるフロイトの「エディプス・コンプレックス」で有名ですが、劇作として優れているので毎年、世界中のどこかで上演されています。

主人公であるオイディプスは「足が膨れた」という意味になる。アポロンの神の予言がそういっている。ここでは内容には立ち入りませんが、人間というのは欠損をもって生まれてくる。その生はそれを埋めるためにある、といってよいでしょう。たとえそれが無意味であっても、不条理であってもです。

オイディプスの使命は何かというと、欠損をうめる、つまりその意味を見出すことにある。出生の秘密から徐々に真実を暴き出すことにあります。その結果、彼は王の立場を追われ、アポロンの都市から追放される。悲劇的な結果を招きます。

この話には人間の認知、言語的な能力に限界があることを想定しています。自分たちの認知能力を絶対視しているが、そうはなっていないというのです。

人間の人生は目的を持つ。終わり《テロス》を目指すのですが、認知の観点からすると理性から遠くなる。ややもすると身体的な機能の低下によって認知が低くなると考えがちですが、そうではなくて死が近くなると人間は言語を失うのです。人間も動物も、その時点では同じように感知する能力があるといえます。

以上、認知症の議論をきっかけにして「人間の生」の在り方が少しずつ見えてくるのではないでしょうか。

参考文献

『認知症は予防できる』米山公啓、ちくま新書、二〇一〇年

『認知症を知る』飯島裕一、講談社現代新書、二〇一四年

『認知症と長寿社会』信濃毎日新聞取材班、二〇一〇年

『身ぶりと言葉』アンドレ・ルロワ゠グーラン著、荒木亨訳、ちくま学芸文庫、二〇一二年

『真理の勇気』ミシェル・フーコー著、慎改康之訳、筑摩書房、二〇一二年

（なお、本稿は二〇一六年三月五日、弘前学院大学礼拝堂で行われた弘前市文京地区社会福祉協議会主催の住民福祉座談会「認知症について」において発表されたものである。）

[4] 風景の再発見

[1]

一九九二年秋、わたしはフランスのブロア市で開かれた国際庭園フェスティバルのシンポジウムに参加した。タイトルは「現代における日本の風景の再発見」である。そこで初めに平等院の庭園のスライドを映写した。

「中国から来た仏教が日本でその存在価値を保ち、日本人に新たに周りの世界に対する関心を喚起した。当時の貴族階級は極楽浄土の価値観を現世に求めていたので、観念としての末法思想は極楽浄土の現前化として希求され、視覚化されようとした。現前化された極楽で、実際に音楽、舞踊が演じられた。現世はまさに天国と化したのである。それからというもの、現世の極楽化に寄与したのは、自然だけでなく芸術的表現能力である。民衆と一体化した仏教的精神の実践は、それから十世紀ものあいだ日本人の生活のなかに深く入りこむことになった。

ところが十九世紀半ばに日本の風景はアメリカ人によって発見された。他者による目なのでそれらの精神的価値は無視された。そして都市の顔は変形してしまった。その最たるものが戦争による破壊である。資本主義化によって日本の風景は失われ、ただ断片が残された。二十世紀終わりになってやっと日本人はそのことに気づきはじめた。」

会場にいたフランス人のなかからは、わたしの発表が悲観的であるという指摘はあった。わたしはそれを否定しなかった。

このフェスティバルでは、主催者の意向もあって、日本的庭園のルーツを探ろうとしたり、文化的背景を探ろうとはしない。むしろ日本の変貌した風景の中に新しい風景の出現の可能性を探ろうとするのである。日本人は、一見すると合理的に見える空間に不条理な世界を組み込んでいる。それが都市の中に見え隠れする。それを彼らは感じていてもっと見たいと思っている。

十九世紀のフランス人のなかには、日本文化のなかには、彼らがかつて持っていて、すでに失われてしまったものを再発見したという思いがある。それは浮世絵の影響を受けた芸術家の視点である。それから二十世紀になると、ポール・クローデル、アレクサンドル・コジェーヴなどの外交官が来日した。彼らはまったく違う感性に出合い驚いた。それはちょうど、西欧文明の進化の歴史の終わりに位置するという認識から生まれたものである。

西欧文明が最高点を見出したときと、その限界を意識したときに飛び込んできたのは、まったく違う人間の生活である。クロード・レヴィ＝ストロースは世界中を歩き、最終的に日本に魅せられた。日本の風景のなかの自然なものと人間の営みが融合している独特な軌跡があるのに驚愕する。

一方、ロラン・バルトの『象徴の帝国』やフィリップ・ポンスの『江戸から東京へ』にも近代化しながらも、農耕生活で獲得した価値観を風景や庭園にするという意識をみいだしている。そういう独特の風景が生まれてくる。それにはそれなりの理由がある。ただ、それを言語化するのに苦労する。

その点に関して、かつて晩年のフェリックス・ガタリはわたしとの対話のなかで次のように説明していた。

「それは、長い水耕生活によって蓄積された余剰のせいである。資本主義的余剰は統合失調症と戦争を生み出す。一方農耕社会では余剰は風景と人形《パペット》を生み出す。その余剰があるからこそ、疑似的形態が生まれる。広重や北斎は風景を数多く描くことで、この余剰のありかを探っていたのだと思う。」

彼の意見を受けて、わたしは人形芝居のなかに永遠の時と今が結合していることを説明した。新潟県佐渡島に伝統芸能の文弥人形がある。一九八三年に「ジャポン83」というイベントがヨーロッパで企画されていたのを知ったわたしは、フランス人の友人をとおして参加希望を出した。一人遣いの様式が近松の時代と同じ様式であるということ、また文弥節が独特の節回しを持っていることを先方に伝え、比較的すんなり企画は通った。公演ツアーは一カ月間に及び、フランス、オランダ、イタリアの各都市をまわった。合計二十四回の公演をこなした。

文楽と異なる人形劇に対する関心が高く各地で評判となった。異文化に対する関心が高い国々だったので、演者たちにとってもやりがいがあった。

この公演が実現した背景にはヨーロッパ側の日本に対する独特の視線がもとになっている。それは日本文化の特殊性という考え方である。それは単に知識人たちの解釈のせいだと思われていた。ところがそれが日本が高度経済成長期を経て、アメリカを凌ぐほどになると、本気でその原因を探ろうという機運が起こってきた。パリのポンピドゥー・センターでの「ジャポン・アヴァンギャルド展」、ロンドンのロイヤルアカデミーオブアーツでの「大江戸展」はその関心の広がりの結果であるともいえる。

そもそも日本文化の特殊性についてはヘーゲルが関係している。ヘーゲルの『精神現象学』は哲学の完成形態だといわれ、ヨーロッパ文明の進化の最終到達点を示すものだといわれた。これで歴史は終わりを示す。それだけに、内容はかなり難解で解釈はさまざまであった。今日のマルクス主義、実存主義、アメリカの新自由主義などに影響を与えている。

今世紀に入ってフランスのヘーゲル研究グループのなかからも新しい視点が起こった。それが今日でいう「ポストモダニスト」といわれる人びとの関心である。その人たちに示唆を与えたのがアレグサンドル・コジェーヴだ。彼は『精神現象学』読解の講義をパリ高等研究院で行った。その際、講義を聴講していたのがラカン、バタイユ、カイヨワ、アロン、ブルトン、メルロ＝ポンティであった。

フランスの知識人たちはコジェーヴの日本文化のスノビズム論に大いに魅了された。一九五九年に日本を訪れたコジェーヴはアメリカを何度か訪れている。そして日本に来て「アメリカは成り上がった中国・ソ連だ」という感想を表明している。ロシア人と中国人はいまだ貧しいアメリカ人に見えた。アメリカ人の生活は、歴史の終焉時代の特徴ある生き方だとさえ言う。それは機能的で功利的な世界で閉じられた世界である。もはや人間の偉大さに挑戦をしない世界である。

一方、日本が抱かせるイメージは独自の希望を与える。コジェーヴは日本滞在中にユニークな体験をした。

「この点にかんしてわたしが根本的に意見を変えたのは、最近(一九五九年)おこなった日本旅行の後だった。わたしはその日本で、他に類例のないユニークな〈社会〉を見ることができたのだ。というのもこの社会は、およそ三世紀にわたって〈歴史の終焉〉時代の生活を送った唯一の社会だからである。すなわち日本は、いかなる内乱も対外戦争もなく過ごしてきたのだ……。ところが、命を賭けることは(たとえ決闘においてでも)しなくなったが、といって労働しはじめたのでもない高貴な日本人の生活のありかたには、動物的なところはいささかもなかった。」(「日本あるいは他者のユートピア」マルク・ギヨーム『ニッポン』リブロ、一九九〇年)

日本の社会はアメリカとは対極的な方向を目指しているようにみえる。それは彼にとっては純粋状態にあるスノビズムととれるのだ。無秩序かというと、そうではない。そこには規律があり、その有効性は他の文化には見出せない。身分の差を超えて日本人は形式化した価値に依存している。

日本はその後、西欧文明を取り入れ、近代化を進めながら、経済発展をしてきた。しかし、そうした様相のなかで、多少神秘的な仕方で、独自な歴史を進んでいるといえる。意味世界から解放された一種の様式性がかいま見られる。

この発見の影響は記号論者ロラン・バルトにも及ぶ。バルトは『象徴の帝国』で、西欧の意味の過剰にうんざりした者にとって、日本的イメージは差異の可能性を示しているといえる。西欧的記号の帝国主義に対して、それらを遥か超えたところで多種多様の情熱と行動が開花する可能性を秘め蓄えている。それは意味的なものではなくて、記号の空虚性からくる。主体の消去すなわち「自死」によって、なおも人間的でありうる可能性を希求する。

もちろん、ガタリはこうした議論を踏まえて、彼なりの仮説を表明している。彼の贈与論はバタイユの「呪われた部分」としての過剰性から生ずる「贈与」の地平にある。ガタリはそれを二つのカテゴリーに分けている。一つは資本制生産様式において生まれる剰余である。これに加えて精神分析家であるガタリは資本制生産様式以前の農業生産様式が生み出す価値に注目する。そこで生まれる「過剰な価値」は風景や人形劇(二人の会話のなかでわたしが持ち出した議論)などの芸能、儀礼という様式になって現れると。だから、コジェーヴが来日の際に日本で発見したのは、そうした価値なのである。これは西洋文明にはないし、ましてアメリカにはない。ただし、彼はそれに「スノビズム」と命名づけする。ほかにそうした概念がなかったからだ。ガタリはこの価値概念は「スノビズム」とは異なるとする。主に美学的概念に昇華されるのである。

わたしはそこで、その概念はキルケゴールの「反復＝二重形象論」やアドルノの「美学論」、ベンヤミンの「ミメーシス論」として展開できるのではないかと提案した。彼はもっと議論が発展するにはパノフスキーの「疑似形象論(pseudemorphisme)」がいいと提案してくれた。わたしはわたしで「可塑性論」「二重形象論」(『転生する言説』参照)を展開した。

一方、風景論では、広重や北斎によって描かれた風景が示す世界は当時の風景をただ単に映したのではない、それはそういう生き方から生まれたものである。創りだされたと言っていい。旧東海道を歩いてみるとそれがわかる。行くところ左右、上下に蛇行する街道はまるで風景を生き物として捉えているかのようである。それは画家たちの「天才」がそのように表現したのではなく、「街道」を作った関係者の集合的無意識がそうさせたのである。

ガタリとはそこまでで議論は中断された。次に会ったときに「疑似形象論」を発展させる議論をということだったが、残念ながら彼はその半年後に他界してしまった。

[2]

視点をヨーロッパの庭園に移すことにする。

一般的にいってヨーロッパでは、都市と田園の分離は十八世紀までで、絶えず繰り返し行われてきた。ロワール河周辺流域では、オルレアン、トゥール、ボージャンシー、ブロアなどは都市機能を徐々に蓄えていった。それゆえ、都市のなかに自然を見出すことは困難であった。

ところが、財力を持つ国王だけは例外である。国王は城館のなかに庭園を造り、当時先端的な作庭技術を持ったイタリア人の優れた感性を取り込むことに成功した。富のある者たちだけが超越的感性を持つことができた。

歴史的現実として起こりつつあった新しい階級と貴族、僧侶たちとの対立は宗教戦争へと発展していった。都市は要塞としての機能を蓄えてゆく。本来なら自然に親しみを持った人たちが、自然を排除するという反動的な立場に立つことになった。一方、日本はといえば都市は絶えず田園を取り込むことに力を入れていた。

西欧の都市は物質力を備えた自然であり、それが支配階級に善をもたらすという考えが支配するようになった。いままで田園風景のなかでのんびり狩りをしていた貴族階級にとっては、そうした生き方が否定されていくのを目の当たりにすることとなる。美しいイタリア式庭園が血で染まるという悲劇はこうした対立によっておこる。それは一七八九年のフランス革命で頂点に達することになる。印象派の画家たちだけは風景のなかで非対称的な自然を創造することができた。

一九九六年五月のある日、わたしはシュノンソーの城館を訪れた。パリのモンパルナス駅から出発するTGVでツールまで行き、そこからはタクシーに乗り換えねばならない。それもチャーターしておかないと帰りの足がなくなる。それほど人口密度がない。それに広い。それなのにバスは存在しない。わたしはタクシーの運転手にシュノンソーまで行ってくれるようにたのんだ。

車中、この運転手はよくしゃべっていた。訪れる観光客の国別の印象についてとか、政治的な話題も平気で話す。折しも、フランスは地方選挙ではルペン率いる右派の国民戦線が大幅に得票数を伸ばしていた。フランス経済はEU成立後もはかばかしくない。若年者の失業率も高い。そこえきて外国人労働者の数が増し、フランス人の失業率が上がる。国民の不満は高まるばかり。タクシーの運転手は躊躇することなく、外国人は観光客以外は出て行ってほしいと言う。

「最近は日本の景気が悪いので日本人の観光客の数が激減した。その代り、韓国や台湾の観光客が多くなった」

とめどもなく話し続けるタクシーの運転手は結局、話好きの良い人に思えてきた。車は森のなかをひたすら走り続けた。わたしは窓の外に展開する比較的単調な風景を眺めていた。ときどき森が切れて平原が続く。

そしてタクシーはシュノンソウ城館前に着いた。そこからはるか遠くに見える城館までは歩いてゆかねばならない。道の両端にはプラタナスの並木が続く。道があまりにも左右対称にきっちりと切り開かれているせいだろうか、遠くに見える城館は小さく見えた。しかし、近づくにつれて思った以上に大きく見えてくる。

数百メートル進むと右側に建物が現れた。ドーム状の建物に入ると蝋人形館になっている。これまで城館にゆかりのある人物の人形が展示されている。人形館にはカフェテラスがある。まわりを溝が囲む。左側の大きな庭園が「ディヤーヌ・ド・ポワチエの庭園」、右側の小さなな庭園は「カトリーヌ・ド・メディシスの庭園」と呼ばれる。

大きな庭園はアンリ二世が一五四七年に美人の誉れ高いディヤーヌ・ド・ポワチエに与えてから、彼女が経営の才を存分に発揮し、この城館に新しい魅力を付け加える事業の一つとして実現された。農園経営を行うばかりでなく、鐘を突くにもお金を取った。

この庭園は、ロワール河支流のシェール川に沿って作られ、まわりは水路に囲まれている。長方形で横一六〇メートル、縦一〇〇メートルである。水路に沿ってシェール川に向かって歩いてゆくと、庭園は左側に見える。中央には真っ直ぐ通路が通っていて、白い石灰質の小石が敷かれている。その中央に清楚なたたずまいの円形花壇がある。整形式の庭園はさまざまな幾何学模様にかたどられている。庭園が大きいせいか個々の花は目立たない。確かにシェール川沿いにこの庭園を眺めれば、背後にあるプラタナスの新緑がこの庭園に初々しさを与えてくれる。四百年の時の経過が嘘のように思えてくる。シェール川のゆったりとした流れがこの庭園に独特の時を刻みつけている。

しかし、散歩者がここで道を引き返してしまっては、庭園の快楽を極めることはできない。「視覚の罠」があるのを見過ごすことになるからである。散歩者は二度目の角を曲がってしばらく進んだとき、それに気づくように仕掛けられている。

驚きは視覚から起こる。頭が納得するのは後からである。この庭園の設計者は、散歩者がここまでやってくることを知っている。快楽は容易には訪れてはくれない。わたしたちは、この視覚のパフォーマンスに、自身で半分以上参加しないと快楽を獲得できない。庭園は背景にシュノンソー城館を得たとき、閉じていた華を開花させて見せてくれる。いままで抽象的なままに留まっていた幾何学模様も具体性を帯び、城館と一体化した整形美を完成させる。城館はこの幾何学模様のおかげで、ロワール河流域の自然のたたずまいに呼応し、よりダイナミックな運動を展開する。そのために、ただただ時の経過に耐えているといえる。

散歩者は歩き始めたところまでの道のりで、そのようなことを考えるように仕向けられている。なぜそれほどまでにして自然を人工化したがったのか。当時、支配者は自然を囲い込むことで都市と対抗してきた。それが可能となったのは農民の労働によって培われた富のおかげである。ディヤーヌが優れていたのは余剰を庭園の形式へと変えたことにある。都市とは異なる自然の世界を創造する。これが徹底されることによって、一方では都市のなかに別の質の自然が生まれる契機となる。それから二百年後にこの城館を訪れたルソーはこの地で『エミール』を書きあげたといわれる。

一方、右側の庭園はカトリーヌ・メディシスが、夫のアンリ二世の死後、手に入れたものである。この城館をこよなく愛したディヤーヌ・ド・ポワチエはこの城館とショーモン城とを交換せざるを得なかった。結果はカトリーヌ・メディシスの思いどおりになった。長年の屈辱をここで晴らすことができるようになった。

こちらの庭園は六〇メートル四方のこじんまりとした庭園である。カトリーヌはディヤールを追い出してから、シェール川にかかる城館を重層にし、付帯的な建造物を建てている。わたしたちが目にしている城館は彼女の手が加えられたものである。川幅、城館の長さが一〇〇メートルほどのものに対応した、それに相応しい長さになっている。それは一〇〇メートルより短い庭園である。

城館はかつてシェール川上にまたがって建てられていた水車小屋の台座の上に建てられていた。フィリベール・ドロルムが設計したという。簡素なたたずまいは川の流麗な流れと比例して不思議なバランスをなしている。カトリーヌはそれまで一層であったこの建物に二層を付け加え三層にした。彼女はこの城館に貴族たちを招待し、華やかな祝宴を開いた。

カトリーヌの後、義理の娘ルイーズ・ド・ロレーヌがこの城館の主となった。夫のアンリ三世が暗殺された後、十一年間ここに引きこもっていたという。彼女の死後は姪のフランソワーズ・ド・ロレーヌがこの城館を手に入れた。そして華やかな歴史の幕が閉じた。

わたしは当初、一時間ほどで見学を終える予定でいた。タクシーの運転手にもそういって待たせていた。実際は二時間も経過していた。たとえ見た目には近くにあっても、実際にはずっと遠かったりするので時間がかかったのである。それに、あちこち見学しているうちにおもわず時間がたってしまったのである。訪問者は自分のなかでつい想像力を増しすぎて鑑賞しようとすると、それが独り歩きし、自分もそのなかに入り込んでしまうのである。

やがて我に返ってみると思いもかけない時間が経過していることがわかるのである。

【3】

一九九四年五月のパリは血の色に染まっていた。といっても街頭でテロ事件が起きたわけではない。街のいたるところに貼られたポスターが異様だった。イザベル・アジャーニが真っ赤に染まったドレスを身に着けているポスターだ。映画のタイトルは『王妃マルゴ』(アレクサンドル・デュマ原作)、監督はパトリス・シェローである。

シェロー監督は演劇やオペラの監督として知られている。映画は何作か手掛けている。わたしもパリのアマンディエ劇場の「屛風」公演の際と、池袋パルコのスタジオ200で会って話をしたことがある。パリのキオスクでは雑誌がほとんどすべてこの映画の特集記事を組んでいた。テレビでもカンヌ映画祭の正式出品作として大々的に紹介していた。パリスコープ誌の映画紹介欄でナンバー1ヒットを飾っていた。

フランス中が応援するこの作品を無視できず映画館に足を運んだ。話は、王妃マルゴが母親のカトリーヌ・メディシスの計略にかかりナヴァル王に嫁ぐことになる。カトリック界とプロテスタント界の和解を目指したものだった。ところが、婚礼の夜、母親のカトリーヌはプロテスタントの大虐殺を決行する。事前にそのことを知らされていなかったマルゴは累々と横たわる屍のなかを逃げまどい、ほうほうのていで夫ナヴァル王と出会い、助け出すことに成功した。殺戮の場面、逃げていく群衆の姿がリアルに描かれてゆく。カメラは画面全体でこれらの殺戮を肯定するのではなく、全体としてこの史実を受け止めようという姿勢である。しかし批評性が欠けていた。そのとき、ヨーロッパに忍び寄ろうとしていた緊張感をばねにして映画の緊張感を生み出そうとしていたが成功しなかった。彼の芸術論ではボスニア・ヘルツゴヴィナの戦争を批判できない。

画面が硬化して見えるのには別の理由もある。俳優の多くが演劇畑から出たせいもあって、演技のリアリティーが欠け単調さに流れている。俳優同士は相手の動きを意識しながら演技しているように見える。これがわたしたちにも察せられる。映画俳優と舞台俳優の生理学の違いがここにある。映画俳優は映画の全体の流れを察知する必要がない。各シーンにおいて自分のパーツを完全に演じ切ればよい。映画俳優の能力はこのインコグニート(自己の匿名性)をいかにコントロールできるかにかかっている。

カトリックとプロテスタントの争いといえばアンボワーズとブロアである。その凄惨な光景はロワール河畔の美しい城館のイメージには似合わない。

アンボワーズ城館は一四八九年に国王シャルル八世が大改革を決心する。一四九二年から五年間かけて城館の建築を完成させた。毎日数百人の職人たちが不眠不休で働いたといわれる。イタリア趣味のシャルル八世は家具、調度品のみならず美術品、衣装などをわざわざイタリアから取り寄せた。それだけでなく、建築家、彫刻家、造園家もイタリアから招待された。造園家であるバチェロには城館のテラスにイタリア式装飾庭園の造園が依頼された。

このテラスからはロワール河のたゆたう流れが眺められる。また、遠く霞むソローニュ地方の大地を臨むこともできる。ここに造成された庭園は今日言われるフランス式庭園の原型である。

一四九六年はフランス・ルネッサンスの始まりの年である。それはこのアンボワーズ城館から始まった。いまでは建物の大半が取り壊され、その空間のスケール感を鑑賞できない。それでも、高台から遥か遠くに眺められるスレート葺きの家々は、当時の雰囲気を伝えて美しい。

この工事がまだ完成していない一四九八年にシャルル八世は不慮の事故で急死している。彼の後継者ルイ十二世は城館を完成すべく多額の建築費を投入した。その時代の王宮はブロアにあったのだが、城館が完成するとルイ十二世はこのアンボワーズに居を移した。

そして、アンボワーズ城館が最も華やいだときがフランソワ一世の時代である。彼が城館建設を完成させたといえよう。芸術をこよなく愛するフランソワ一世はさまざまな祝宴を催した。招待客のなかにレオナルド・ダ・ヴィンチもいた。レオナルドは一五一六年から一五一九年までこの城館に滞在している。

レオナルドは滞在期間中、クロ・リュセの館に滞在した。この館はレンガ作りで、切石積で縁取られた大きな窓が特徴的で、そこからはロワール河の島を臨むことができる。おそらくレオナルドは若かりしときに過ごした田園風景を思い出したのであろう。

彼はイタリアから移り住んだ多くの職人や芸術家たちと交流した。そして、頭で浮かんだことはすべて実現しようとした。かつてイタリア人を驚かせたようにフランス人を驚かせた。

羊の腸から作った風船を空に浮かばせたり、フランソワ一世の前で自動人形のライオン「マゾッコ」を動かして見せた。また、トカゲの鱗に目や角、髭などをつけて飼いならし、人びとに見せた。また、ウルビーノ公ロレンツォとマドレーヌ・ド・ラ・トゥールの婚礼ではクロ・リュセの館の中庭に紺碧の布を高く張った。この布には星をかたどった金箔を張り付けた。その下で音楽劇を催した。

実践家レオナルドはこの地域の土質を変えようと松を植えた。また、ロワール河に沿って運河を建設しようともした。城館もいままでにないような設計を行った。考え得る限りの武器も設計した。トイレの原理も考えた。

画家レオナルドはどんなに残酷と思われる場面も冷静に描き、そこで展開される人間の情念を見逃さなかった。物語はダイナミックに進行していった。彼にとって美は決して静止しているものではなく常に変化しているものである。絶えず驚きをもって登場してくるものであった。天上的なものと地上の人間的世界が混然一体となり、これまでにない知覚体験を可能にしてくれた。

レオナルドが旅先にいつも持ち歩いた絵画『岩窟の聖者』『モナリザ』は未完の作品だった。この限界を超える芸術的霊感はレオナルドとともにフランスにもたらされるのだ。イタリアからもたらされたルネサンス的精神はロワール河の岸辺の城館のなかでゆっくりと花開いてゆく。

しかし、現実は過酷なもので、レオナルドがこの地で生涯を閉じてから四十年後、このアンボワーズ城館は新旧キリスト教の抗争の場となってしまう。

［4］

ある日、友人のジャン・ポールは少し遠いけどブロアの町に来ないかと誘ってくれた。ブロアの町はロワール河の左岸にあり、昔からこの地方の中心都市である。なかでも美しいブロア城は十三世紀にブロア伯爵の居城として建築された。

現在のような城館のたたずまいになったのは、シャルル・ド・オルレアンの時代になってからである。その後、ルイ十二世、フランソワ一世、ガストン・ド・オルレアンなどが各時代にふさわしい姿を加え、普遍的な美へと完成させていった。いまここを訪れる人は五つの異なる時代の建築様式をかいま見ることができる。

外見の美しさとは裏腹に、この城から陰惨なイメージを拭い去ることはできない。

一五八八年のアンリ・ド・ギーズ公の暗殺事件である。彼は宗教改革の時代にカトリック同盟の指導者となり数々の事件に関与した人物である。特にすさまじいのがサン・バーテルミーの大虐殺である。単なる権力欲だけではこれだけのことをやってのけられまい。それほど残酷な男なのである。彼は後の国王アンリ四世となるアンリ・ド・ナヴァールと対立した。宗教改革に属したアンリはフランス国内だけでなくベルギーなどの外国勢力とも結びつき、政治的影響力を発揮していた。ギーズ公はアンリ三世に嫡子がないことをよいことにして王位を狙い、戦争を起こしたが成功せず、この城館内で暗殺された。

ジャン・ポールはわざわざブロア駅まで迎えに来てくれた。彼は前日の金曜日からこの町に滞在して、市長であるジャック・ラング文化大臣とミッテラン大統領と一緒にルーブルの中庭のチュイルリー公園の改築のプロジェクトの検討会議に出席していた。大統領は計画のあらゆる点に関心を示し、自らも学習したという。そんな話を聞きながらわたしは車窓からどこまでも続く森を眺めていた。このロワール河の城館は自然のなかで特別に偉容を放つように作られているわけではない。

比較的平坦な土地にあって、そのリズムに同調し、まわりの環境と調和している。城というよりは少し大きめの館といってよい。

やがて車はクール・スュール・ロワールという町を通り、リラ・シェネと呼ばれる精神病のクリニックに到着した。ここのクリニックはフランスのみならずヨーロッパで話題になっているクリニックである。実はジャン・ポールの奥さんが精神分析家でここの治療法に関心を示し、わたしをここに案内するように勧めてくれたのだった。クリニックは森が途切れた一角の牧草地にあった。建物は広い敷地内に点在していた。それらの建物は機能としてお互いに関連している様子ではない。

車が止まると建物から白い口髭を生やしたダンディーな紳士が出てきて、わたしたちを出迎えてくれた。このクリニックは私的な施設であるが国から補助金が出ている。ここに入院する患者も費用を一部負担している。しかし、収入はそれだけではない。入院するときに、患者とクリニックとのあいだで労働協約を結ぶ。患者はここの施設に滞在しているあいだは、何らかの仕事に就き、労働者として働く。その対価として給料をもらう。

彼らのために、この施設にはテレビ番組を制作するスタジオがある。番組制作のためのあらゆる設備が整っている。また、別の建物は木工家具の作業場になっている。ここでは、家具を作るためのあらゆる設備が整っている。彼らは一日のうちの一定の時間、それらの労働に従事する。

それらには治療の目的もあった。彼らは病いの原因である抑圧から解放されるために、彼ら自身のうちに対抗権力を作り出さねばならない。患者たちはいままでの生活を継続する限りでは、自己を抑圧する原因に対して、対抗手段を取るチャンスが与えられていない。彼らは社会に対し父権的抑圧を感じており、それに押しつぶされようとしている。それに対抗する自己権力の強化の手助けが必要である。普通であれば、社会とは異なる環境をつくり、そこで自己を回復する機会を待つのであるが、このクリニックは逆の戦略を立てる。

彼らは抑圧の原因である現行の社会システムと同じものを再構築する。「労働」「賃金」というサイクルを導入することで、患者のアイデンティティを少しずつ回復させていこうとする。彼らのなかから社会的意思が生まれてくるのを待つ。そして、自分の力で社会性を回復するようになるのだ。

この治療法にはラカン派の考えがベースになっている。ここの施設の運営上重要なのがサポートする人たちだ。精神科医、精神分析家だけでなく、映画やテレビのプロデューサー、弁護士、作家、スポーツ選手、画家、劇の演出家、科学者がボランティアで参加している。スタジオで彼らが制作したTVドキュメンタリーのビデオを見せてもらったが作品として立派なものだった。ややもするとハンディを負った人たちの仕事が社会の下支えの方向に向かいがちなのを、むしろ逆に社会から注目されるような方向に跳躍させるには、そのまえにそれらのことに関する思考の飛躍がなければできないのである。

ユニークなのはそれだけではない。施設の一角に食堂があった。この食堂はオリエント急行の客車の食堂が用いられている。それも眺めがいいようにと二階の高さに引き上げられている。医者も患者も一緒になって一流のレストランの雰囲気のなかで食事を楽しむことができるのである。車窓から見える風景はのどかな田園風景である。ジャン・ポールはこの食堂に隣接して庭園を造る計画があるという。その制作にあたってはコンセプトづくりから、設計、作業までここの患者が一緒になって参加するという。できれば「クリニック・ガーデン」となるであろう。わたしはそれができたらまた見に来たいものだと思った。

そして、風景をめぐって想像力をかきたてられたロワール地方を後にした。

参考文献

『ニッポン』今村仁司監修、リブロ、一九九〇年
「季刊「ジャパン・ランドスケープ」」第二十六号、一九九三年
「子供と環境」研究報告、財団法人ハイライフ研究所、一九九五年
『象徴の帝国』ロラン・バルト、ちくま学芸文庫、一九九六年
『転生する言説』石田和男、駿河台出版社、一九九一年
『ヘーゲル読解入門』アレクサンドル・コジェーヴ、国分社、一九八七年
『レオナルド・ダ・ヴィンチの生涯』チャールズ・ニコル、白水社、二〇〇九年
『風土の日本　自然と文化の通態』オグスタン・ベルク、ちくま学芸文庫、一九九八年

[5] 死生観について

日本人の死生観は古代からアンビバレントであった。西洋のように死と生の区分けをはっきりしようという考えがなかったからである。

相良亨は『日本人の死生観』のはじめのところで、「死は悲しいものでありつつ、しかもなおそこに近しさと安らぎを思うこの複雑な心こそ問題である」といっている。元来日本人は死と日常生活をはっきりと区分けせず、死を宇宙の秩序として諦めを持って受け止めていた。加藤周一も『日本人の死生観』(岩波新書)で同様の指摘をしている。

死者は死んでも共同体の成員からはずされることはなかった。そのためには死にいく者はよい死に方をしなくてはならなかった。そうすれば死者は死後も共同体の準メンバーとして認められるからだ。死者はこの宇宙のなかに奥深く入ってゆき、そこにしばらくとどまり、徐々に融解し消失してゆく。そこでは貧富の差や身分差はない。個人差は排除される。

「顕」と「幽」の世界

可視的な世界を「顕」の世界とすれば、宇宙のリズムは「幽」の世界である。「顕」と「幽」は連続しており、死者は死後この「顕」の世界を宇宙に運び「幽」と出会わせる。すると「幽」の世界から「顕」の世界に新たな道がひらかれる。

それについて折口信夫は『古代生活の研究』で、「まれびとの最初の意義は、神であったらしい。時を定めて来り臨む神である。大空から、海のあなたから、或る村に限って、富と齢とその他若干の幸福とを」運んでくるといっている。このまれびとの訪れ(音を立てる)は平安朝になって大殿祭にまで発展していった。新嘗の夜では、農作を実り守ってくれた神などを家々に迎えるために、家のものはすっかり出払う。ただ処女か主婦が留まり神の訪れの世話をしたようである。

「顕」と「幽」がこの世に舞い戻ってくると「物を生み出す力」、「物を繁栄させる力」を発揮させる。お彼岸の行事において祖先が各人の家に戻ってくるときに水平線から川を経て上ってくる。つまり、一旦天からくだり、やがて川を上るということは自然法則には反する。しかしこの逆流こそ神の力の発揚なのであると折口は強調する。降りるだけではだめで、それを受けて人間が意思的に行為をすることが大切なのである。

昔から日本人は植物の成長過程に即して時間を把握し、その成長過程の反復回数を数えることによって年数を数えていた。人間存在を植物的存在として把握していた日本人は、生死を反復しながら種としての恒常性を維持する植物的存在様態に即して人間の生死も観ていたのである。

神の力は里に下り、地域に充満している。そのなかに住む人は神と一緒に会食する。神と一体化するのである。そうすることで、物を栄えさせる神の力も強化される。祭礼の際に神前の樽から同じ酒を飲んで氏子の住む村を神の神輿をかついでまわる。

生と死の同一視は、日本人の日常生活リズムから生まれ出てきたものであるが、矛盾も生じさせていた。それは死体を「はぶる」(放る)行為のなかにある。

死体を自分から離れたところに「はぶる」行為は、日常生活空間と死体の隔離される空間との差異化がなされていることである。とすればやはり生と死の連続性には矛盾する他界の観念が平行してあったことになる。アマテラスが天の岩戸に「お隠れあそばした」とき、天も地も闇と化した。これは他界と現世との死の共有化ではなかったか。

ところが、死して数日もしないうちに死体は腐臭を放ち、蛆がわき、腐乱し始め、色がどす黒くかわる。仕方なしに人びとは死者の肉体を山や海に捨てる。山や海は他界として人々の日常生活空間に隣接して存在する。この隣接が世の無常という観念を生み出す。

鎌倉仏教の到来

ここで生まれる無常観を克服するには仏教の到来を待つほかはなかった。日本の仏教説話集には、地獄からの帰還の話が多い。それも地蔵菩薩の助けによるのである。普段の生活圏の外部を他界と呼び、その境界を通過するものは他界への旅人である。外から訪れる者は他界からの客人であった。

その境界、村のはずれの川にかかった橋、峠、辻などに道祖神やお地蔵様が祀られていた。

京都にある六道の辻もそのような境界のひとつであった。かつての鳥部野の六道珍皇寺の井戸は「死の六道」と呼ばれ、嵯峨野の福生寺の井戸は「生の六道」と呼ばれた。この二つの線を結ぶと平安京の中心を斜めに横切ることとなる。地獄は平安京の真下にあったことになる。日本人はその解決法をモノのなかに見出す。

地蔵菩薩の功徳は日常の生活圏と同一平面上にある他界に対して発揮されるだけでなく、現世と次元の異なる他界、とりわけ地獄に及んだ。真言宗では多種多様の仏像が作られたが、それらの仏像は直ちに仏の本体とは考えられなかった。自分が帰依する仏が大日如来であれば大日如来の姿、不動明王の姿であれば不動明王の姿に刻み込まれた仏像の前に座り、心から帰依すれば目の前にそれらが現れる。祈りを終え、鈴をふるとそれらは宇宙へ帰ってゆく。可視的な仏像は単なるモノに戻る。仏教、特に浄土教は、死後の世界に「穢土」と「浄土」という対比を持ち込むことで、それまでの他界観が持っていたアポーリアを、克服する道を一歩前進させることに成功する。「それでも平安時代の死後世界はまだ現世の延長という形で考えられていた」(『日本の霊性』鈴木大拙)その時代の人びとは現世に対する批判的態度も見られなかったのである。

源信、法然、親鸞と経るなかで、インドで起こり、中国で土着化した仏教が、独自の宗教に発展するというまたとない機会をもつこととなる。鈴木によれば、それまで日本の神道がはからずも担ってきた宗教的役割は宗教的天才たちの出現で交代することになる。

しかし、それによってもたらされる進化はあくまでも日本的な霊性発展の過程のなかに留まる。「真宗の中に含まれていて、一般の日本人の心に食い入る力を持っているもの何かというに、それは純粋他力と大悲力とである。霊性の扉はここであける」(鈴木)

親鸞の着眼点は浄土より絶対他力にあった。浄土教が浄土を説くのは、浄土では人の業の呪縛から逃れて悟りを開くことができるからである。浄土はあくまでも手段であって、悟りが大切なのである。それには阿弥陀さまの力がいるので、業に支配されていてはそれができない。

これからが難しいのである。絶対他力によって因果、理屈、合理性を超えた世界を体得しなければならない。浄土は一時通過すべき仮の待合室のようなものでしかない。自分の力ではどうすることもできないのである。浄土を現世の延長のように考え、自力でなんとか渡れることはできないのである。ただただ阿弥陀様の誓願を信頼するしかない。他力を本質とする宗教では来世は地獄でも天国でもどちらでもいいのである。親鸞が法然のもとで他力の教えを徹底して叩き込まれたが、それは彼の精神の深層に深く沈潜することとなる。本当の精神を身につけることができたのは北国に流されたからである。流浪の旅を経験するなかで、急いで浄土にいこうという気にならなくなった。それは自分が人間としての煩悩を持っているという認識にめざめたからだ。「往生は一定だ」というときそれまでの人生観は変わったといえよう。

諸国を行脚して民衆と生活するうちに自分の言葉を自分自身に浸透させることができた。そのことは親鸞の書いた詩作に見出される(『最後の親鸞』吉本隆明)。詩作を通すことにより、この現生的世界は単に中心のない、たよりのない世界ではなくなり、ある詩的霊感の目ざめをきっかけにして新たな価値を持った世界として現れる。それもただ一つの細い道筋をとおしてである。しかしそれは確実に「自由への道」となる。

東国における二十年の生活があったればこそ、浄土真宗の理論的発展が可能となった。親鸞がその生の中心に転回の契機を置いたとき、現世の苦悩と極楽浄土の媒介役としての称名念仏の役割は後退する。それには現世の苦悩、それへの執着も自分からすすんで受け入れ、そこに身をおくのだ。いざ死が訪れたときは現世に別れを告げる。そこに現世のあらゆる煩わしさを自分で一身に引き受けるという親鸞の覚悟が見て取れる。吉本隆明はその思想に詩人の魂を見ている。それは表現者としての詩人ではなく、言語の一ジャンルとしての詩作である。親鸞はただ単独者として詩を書き続けることで美的思想に達した。それが宗教思想としてもすぐれたものになっている。

そこにキルケゴール的反復の概念を見ることはできまいか。「恐れとおののきに」によって苦悩するわれが絶望の淵にいて発見した、美学的段階を経過ののちの実存的再生という思想である。

こうして欽明天皇時代に渡来した仏教は日本的霊性と和合して独自の死生観を生み出すにいたった。これを仏教の通俗化と短絡的に批判するわけにはいくまい。浄土系思想は強い精神的鍛錬を経て人間の内在的価値の評価へと高められたと観るべきである。

日本人の死生観は弱点と思われる理論的整合性のなさがむしろ幸いしたといえよう。長い時間をかけて庶民の生活に根ざした死生観を練り上げてきた結果生まれたものだからである。一見すると現代の合理的な生活体系と矛盾するように見えるが、日本人の宗教的精神の深層においてはまだ生きている。先達らの残した偉業はそう簡単に消えそうもない。

[6] 寺山修司を待ちながら

一九七二年二月パリ――レ・アール市場の「天井桟敷」

寺山が亡くなって三十二年経過してもなお寺山熱は冷めそうにない。美輪明宏演ずる『毛皮のマリー』も再演を重ね、来年も上演されるという。それも配役は美輪さん以外全員変わる予定だという。青森公演が楽しみだ。

寺山修司と最初に出会ったのが一九七八年である。それから亡くなる三カ月前まで接触を持った。すべて仕事がらみだった。彼の著作の出版、天上桟敷の公演に関するものが主だ。例外はポーランドの演出家カントール来日の際にパルコで行われたシンポジウム会場でとか、ブリジストン美術館「具象絵画の革命」展ぐらいであった。それも立ち話程度である。ただ仕事の打ち合わせのときが詳しい内容についての話だった。それから五年あまりの付き合いだが、いろいろあった気がする。

そのまえに、ちょっとした偶然でクロスオーバーしている。この体験もご縁だと思っている。このときはまさか彼の最後の公演にかかわりを持つとは思っていなかった。

一九七一年二月十二日、わたしは横浜港からパリへ向けて出発した。なぜ船でと思われるかもしれない。戦前、母は横浜に住み、日本郵船に勤めていた。母は、米軍による空襲で焼け出され横須賀に疎開し、父と出会い結婚した。小さいときから浜っ子である叔父や母から戦前の横浜の話を聞かされていた。そして、実際に市電に乗り、オデオン座、横浜ピカデリー、南京町、不二家と訪れてみた。焼出された後とはいえ、当時の横浜には異国情緒、ハイカラさが残っていた。みなと横浜は少年を遠い海の向こうの世界へと憧れさせるのに十分な要素を持っていた。

そんなこともあって海外に出るときには横浜からと決めていた。横浜港を出るときは誰も送ってもらわなかった。ひとりで発ちたかったからである。

途中、ナホトカからハバロフスクまでは汽車で、ハバロフスクからモスクワまでは飛行機で、モスクワからはウイーン経由で、パリまでは電車で行った。合計十七日間の旅であった。通過した国は、ソ連、ポーランド、オーストリア、スイスである。最後にフランスに到着した。

パリの北駅に到着するなり地下鉄で真直ぐモンパルナス駅の近くに住む友人のアパートへ向かった。その日の夕方、友人の案内でレアール市場の近くの安いホテルを紹介してもらった。二階にある二人部屋に案内された。そこには日本人の青年がすでに住んでいた。というのもホテルとはいっても実際はアパートになっていて長期滞在者が多かった。日本人の青年は観光客というよりは住人である。パリの事情に通じていそうだったが、こちらはあくまで間借り人なので遠慮があった。

最初のパリの夜なので外に出かけてみることにした。外の空気が心地よかった。自分は自由の空気を吸っているのだと思った。そこで、リルケの手記が思い出された。「なるほど人々はこの町に生きるためにやってくる、しかしあらゆるものは死に絶える他ないのだ」(『マルテの手記』)そうやって自分の世界に浸りながら市場の雑踏のなかを歩いていた。

中央市場はすでに移転が決まっており、一部はすでに移転が始められていた。鉄骨とガラスでできたドーム状の建造物はできた当時はモダーンなものだった。でも、そのときにはゴミと残骸に満ち溢れていた。でも、東の果てから来た青年にとってはそれもパリという都市美術館の一部としてかけがえのない一部として見えた。

そんなカオスのなかでも活動をやめずにいる店があった。白衣を真っ赤な血に染めた大柄な肉屋の主人が肩に大きな肉塊を担いで冷凍庫のなかに入っていった。しばらくするとその男は冷凍庫から出てきて血のついた白衣のままでカフェのカウンターで生ビールを飲んでいた。その光景はマン・レイの写真集の世界さながらであった。

わたしの自我が少しずつ夕暮れのパリのセピア色の世界に溶け込んでいこうとしたまさにそのとき、視界にリアルに現れたのが天上桟敷の一団だった。彼らは中央市場の一角でなにやらせっせと作業にいそしんでいた。でも、その光景は演劇公演のためというようなものではなかった。むしろ作業場のゴミかたづけといった感じだった。何をしているのか聞いてみた。彼らはあまり多くを語らなかった。そこで芝居の上演をするらしいのだが日程が定かでないらしい。パリ市の上演許可が出るのを待っているという。それが実現するのにはまだかなりの作業が残っている感じだった。わたしは半ば合点してその場を去った。

ホテルに戻り同居人にその件を話すと、ずっとあそこで準備しているのだけど進展がないので実現は難しいのではといっていた。そういう噂がパリの日本人のあいだには広まっているのだという。

二日後にはわたしはそのホテルを出てパリ郊外のユースホステルに移動した。その後、天上桟敷の公演がどうなったかは知らずじまいであった。

昨年、弘前のシンポジウム先で偶然お会いした寺山修司記念館館長の佐々木英明氏にたずねてみると、あのとき、佐々木氏は天上桟敷の団員とナンシー演劇祭に参加し、日本への帰り道にパリに立ち寄ったのだそうである。ところが、急に公演の話が持ち上がり準備のためにレ・アールの現場にいたのだそうである。そして実際に芝居(「毛皮のマリー」)を上演したということである。

その後、わたしはパリに一年半滞在した。それまで取り立てて演劇に関心のなかったのに意識的に劇場に足を運ぶようになったのはパリだったからだろう。これまで演劇鑑賞といえば高校生のときの劇団円公演「オンディーヌ」くらいのものである。主演の岸田今日子の演技はすばらしかったのを覚えている。

それがパリに暮らすようになるとかなり観に行く機会が多くなった。まずパリの中心街は意外に狭い。その気になればたいがい歩いて劇場まで行ける。それに切符が安いので週末になると出かけていった。それに芝居好きの人が多いので話題の作品を探すのに苦労はいらない。カフェで人が集まればまず話題は映画か芝居なのだ。隣で何の関係もなしに聞いていても興味がわけば参加できる気楽な街なのだ。

わたしはまずコメディ・フランセーズでモリエールの喜劇を観に行った。事前に戯曲を読んで行った。期待どおりの作品もあれば、がっかりさせられたのもある。登場人物がいささか類型的なのと過剰な演技には閉口させられた。「人間嫌い」「病は気から」「女房学校」「タルチュフ」「守銭奴」と観ていくうちに飽きてきたので他の劇場へ行くことにした。

サンミッシェル通り近くのユシェット座ではイオネスコ作の「禿の女歌手」「授業」を観た。物語も演出も変わっていて、作品の意図はわからなくとも面白く観れた。自分の置かれている現実の感じに近いと思ったのだろう。

次に国際大学都市のホールでジェローム・サヴァリ演出の「グランドマジック・サーカスと悲しい動物たち」を観に行った。ジャングルに生きる動物たちの自然、残酷さ、童話の世界さながらのこの作品には度肝を抜かれた。パリだから観れる作品だと思った。サーカスとも演劇ともミュージカルともいえないジャンルを超えた作品だが、強く観客に訴えかけるものがあった。ルソーの「自然に帰れ」というメッセージが聞こえるような気がした。アルゼンチン人の血を引く彼の世界はフランスのそれとも大きく異なる。その後「ペリコール」「キャバレー」などを観たがこれを超える作品はないと思った。

オデオン座は座長のジャン＝ルイ・バローが政府の文化政策をめぐり対立して閉鎖されていた。

国際児童演劇祭「こども狩り」

一九七八年五月、このころわたしは外資系の出版社に勤務していた。普段は単行本の編集の仕事に携わっていた。ところが翌年が国際児童年にあたり、子どもたちに演劇を鑑賞してもらってはという話が持ち上がった。そして海外経験のあるわたしにお鉢がまわってきた。それも現行の仕事をやりながらという無茶な条件つきでである。もともとイベント好きなわたしはその話に乗った。

そして数カ月後に海外からの招待劇団が決まった。デンマークのオディン劇場、ポーランドのラリック劇場、イギリスからはロンググリーン劇場、インドネシアの影絵ワヤンクリット。われながらバリエーションのあるフェスティバルになると思った。

ところが、肝心の日本の劇団が決まらなかった。文楽、歌舞伎、能はいうに及ばず新劇、新派でもないとすれば何か。会場は代々木のオリンピック競技場である。あんな馬鹿でかい会場で演劇公演をそれも子どものための演劇公演をということになったのだがなかなかいい案が浮かばなかった。わたしはふとフランスで見たサヴァリの劇を思い出した。そして、どういうわけか観れなかった天井桟敷のイメージも同時に浮かんだ。そこで、会議にかけたらすんなり通った。当然のようにわたしが連絡係になった。

天井桟敷の事務所に電話した。事務所では田中未知さんが対応してくれた。企画趣旨を話して電話を切った。十五分ぐらい経過して電話があった。今度は寺山本人からであった。寺山は演劇祭参加に興味があると言った。作品としてはジャック・プレベール原作・寺山修司脚本の「こども狩り」があると言った。実にタイミングがよく作品ができていたものだと思った。

それから一年後の八月初めに国際児童演劇祭は始まった。

事前に参加劇団のためにチャーター機が用意された。ロンドンで参加劇団が合流し成田空港までやってきたのである。飛行機一機分の荷物が到着ロビーに着いた。山のような荷物に飛行場の税関はおおわらわである。結局、整理がつかずにそのまま全員飛行場のホテルに滞在することになっていた。

八月一日には横浜の大通り公園で長洲一二知事主催のオープニングイベントが予定されていた。はたして開始時間に間に合うかスタッフ全員やきもきして待っていた。

オディン劇場は成田空港からの交通渋滞もあって現地に遅れて到着した。セレモニーの開始も遅れた。この日、寺山は海外に出かけていた。天井桟敷のメンバーは現地にいた。彼らはオディン劇場が到着しなければセレモニーに参加しないと駄々をこねていた。わたしは成田から到着してそのことを聞き残念に思った。

でも、そんなことを考えている暇はなかった。オディンの役者たちはすぐに衣装を身につけ太鼓やトラペットをならし暗くなった公園の林のなかにヌックと登場した。あたりはすぐに異様な祝祭空間に変貌していた。祝祭はいつでも制度による骨抜きの危機にさらされながら、そして必ず成立するのである。この日のフェスティバルも制度によって支えられた祭りでしかないかもしれない。しかし、わたしの目の前に展開された光景はそれ以上の何ものかであった。

この劇団はテクニック的にはダンス、それも各国の民族舞踊まで習得している。そして音楽は民俗音楽からクラシックまで演奏する。アクロバット、サーカスのジャグリング、クラウニング、乗馬などを自在にこなす。

オディン劇場はデンマークのホルステブロという田舎で共同生活しながら町の教育に携わっている。代表のユージェニオ・バルバはイタリア生まれである。父親が軍人で早く亡くなっている。彼は軍事学校に行くのを拒否、十八歳で船乗りになるためノルウェーに移民している。傍らオスロ大学に通ってフランス語、ノルウェー文学、宗教史を学んでいる。二十五歳のとき、ポーランドのワルシャワに行き国立演劇学校で演出法を学ぶ。一年後に当時有名になっていたグロトフスキーの活動に参加するためにオポールに移り住み、三年滞在している。その後、インドへ行きカタカリを学ぶ。二十八歳のとき、オスロで演劇活動を始めようとしたが外国人なのでかなわず、若い役者たちを集めてオディン劇場を立ち上げ、ノルウェー作家の作品を上演し成功する。それを観たデンマークのホルステブロ市の行政責任者が同市に演劇実験室を作らないかと提案したのである。それから五十年バルバは同市を拠点にして活動している。

一九七二年、天井桟敷はオディン劇場の招きでデンマークに赴き「邪宗門」と市外劇ワークショップを行っている。

オディン劇場はテクニック的にはありとあらゆる技術を習得している。それでいて作品はギリシャ悲劇からインドの古典、アフリカの民話まで幅広く選んでいる。宗教性も感じられるがグロトフスキーほど儀式化されていない。むしろフォークロアに近い。バルバは自分たちの演劇を文化人類学的演劇と呼んでいるが頷ける。子どもたちがすぐに反応した。彼らの動いてゆくところどこでも追いかけていった。すばやい動きや、太鼓、トランペット、チューバによる行進曲によりあたりが非日常的になったのを彼らが一番早く察知した。

こうして待ち焦がれた真夏の夜の祭典は派手さはないが開始された。海外の劇団は一カ月あまり日本の各地に赴きこどもたちのためのパフォーマンスを行った。

なかでも評判だったのは岸記念体育館で行われた天井桟敷による「こども狩り」だった。原作はジャック・プレヴェール、脚色は寺山修司である。上演会場は体育館である。体育館の真ん中が舞台であって、観客は二手に分かれ向かいあって座る。会場に入ると真っ暗である。親子で入場したものはセパレートされる。こどもたちは闇のなかを自分たち専用の席に案内される。座った彼らはあたりを見回す。何も見えないので不安が募る。まわりのこどもたちが小さな声で「ママ、ママ」と呼ぶ。遠くに離れて座っている母親たちには聞こえない。ブラックアウトの状態が続く。

この状態はさほど長くはなかったのだが、子どもたちにとっては実際の時間よりずっと長く感じられたのであろう。突然、「ママ、どこ?」と大きな叫び声は辺りの静寂をかき消した。「ママ、ここよ」と返すも闇のなかでは母親の姿は見えない。しばらくのあいだ、あちこちから子どもの声と母親の声が入り混じった会話が続いた。これも、シナリオに書かれていたのかと思われるほど演劇的なはじまりであった。やらせにしては、うまくいきすぎていた。

クライマックスの後、少しずつリリカルな音楽が流れ出し、あたりが明るくなる。競技場の中央には小学生と思われる少女がシャボン玉をあげている。少女はからだの向きを変えて、またシャボン玉をあげる。証明がそれを照らす。いま生まれたばかりのシャボン玉はゆっくりと会場に上っている。大小さまざまなシャボン玉がたどる先は子どもたちのいる場所である。待っていたかのように子どもたちは、それにすがるように手をのばす。シャボン玉は彼らの手のなかで消える。彼らは人生で初めて大切なものが消えやすいことを体験する。

寺山らしい詩的空間だ。そこにはことばは介在していない。詩的空間は、あちこちから子どもたちが出てきて、わいわいがやがやしばしの喧騒がかき消された。ここにもせりふらしいものはない。たとえあったにしても子どもたちの多動と騒がしさのなかで明快な表現とはなりえなかった。

やがて、巨大なバゲットが登場して会場内を練り歩く。遊んでいた子どもたちはあろうことかその巨大なバゲットに襲いかかった。会場は、逃げ回るバゲットとそれを追いかける子どもたちで騒然とした。やがて、それを観ていた観客の子どもたちがじっとしていられなくなり、立ち上がり、パンめがけて襲いかかる。そしてそのちぎったパンを母親に投げつけるのである。一斉にフランスパンの切れ端の砲火を浴びた母親たちはあちらこちらと逃げ惑っていた。

この作品を観たフランス大使館の文化参事官は、会場の出口で興奮してすばらしい作品であることを強調していた。実はこのときの文化参事官のコスト氏の体験が後のパリ公演につながるとはそのときは誰も予想していなかった。

演劇論集『臓器交換序説』

一九七九年「こども狩り」公演の打ち合わせのときには、天井桟敷側からは九條映子さんが出てきてくれた。九條さんは優れたプロデューサーなのですべて作業はスムーズに運んだ。その後のプロジェクトも彼女になるといいと思った。

わたしは演劇祭の担当以外に単行本の編集もしていた。寺山が演劇論を書かないかと思っていた。実際、本の打ち合わせには寺山が出てきた。こちらの編集意図を伝えると、気持ちよく執筆を承諾してくれた。こちらは書き下ろしを求めた。しかし彼は渋った。雑誌に発表した記事をベースに書き下ろしも加えるという提案だった。

わたしは寺山から与えられた既発表の記事を構成してその間に書き下ろしを入れようと思っていた。しかし、これは実現しなかった。いまになって思えば体調のせいかなとも思えるが。当時は彼の作家としての能力に疑問をもったのは確かだ。

それに比べてタイトルはあまりにもすばらしかった。この謎めいたタイトルについて今日ではいろいろと評論家の想像力を書きたててくれるだろうが、当時はなんの隠喩だろうか計りかねた。てっきり彼の演劇がアルトー、グロトフスキー、カントールと続く現代演劇のオルタナティブな系譜に属するという意味かと思った。いまになってはもっと総合的な解釈が可能となろう。幼いときにネフローゼを患い、腎臓の疾患が原因でいつ命に別状が起こるかわからない恐怖に耐えてきた寺山が、自己の実存を引き受け、演劇的・魔術的表現に転化することで、より高度の芸術的表現に到るという意思(あまりにもニーチェ的とはいえまいか)を表現したものだといえよう。

寺山は彼が活躍した当時の思想の流れにも関心があった。モース、バタイユ、デュヴィニョーなどの贈与論、デュメジル、レヴィ＝ストロース、フーコーなどの構造主義、山口昌男の道化論、バフチーンのカーニバル論とあげればきりがない。

寺山は「演劇は社会科学を挑発する」とまで言う。演劇になにかの肩代わりをさせようとしているとしてベンヤミンなどのミメーシス論には批判的だ。ブレヒトの叙事的演劇も受け入れない。それよりは山口昌男氏の言うように、寺山は役者の肉体を「アブサードなもの、なにも意味しないことを通して、もっと結合力のあるもの」(『寺山修司演劇論集』国文社)に仕立て上げようとしたか。意味を持たない肉体を舞台に浮遊させようとしていた(それはホフマン、クライスト、ゴードン・クレイグのロマン主義・未来派の影響による)。

『臓器交換序説』は一九八二年に日本ブリタニカから出版された。装丁は本来なら松永真氏にお願いすることになっていたが、寺山のたっての希望で戸田ツトム氏にお願いした。

この年、天井桟敷は渋谷のジャンジャンで「観客席」を上演した。会場に着くと九條さんが「ちょっと」というので楽屋へ行くと、寺山がいた。フランスから演劇関係者が来ているが、フランス語が通じないので対応してほしいということだった。会ってみるとジャン・カルマンであった。照明家でナンシー演劇祭の舞台監督をしていた。ときどき、リベラションン紙で演劇評を担当している。

彼は「観客席」が見たくて来たのである。

この出会いも貴重である。彼は実力者であるので後にいろいろお世話になった。天井桟敷パリ公演のアドバイザー、佐渡の文弥人形座パリ公演の批評、パルコの「毛皮のマリー」の照明などである。この「観客席」公演ではじめに寺山自身が登場してきて「ぼくはタモリみたいに寺山修司を演じることはできないけど、せいぜいうまく寺山修司を演じてみたい」と発言したのを思い出す。

寺山の演劇がよりシャーマニズムに接近していたという議論はのちほど行うとして、ここで先ほどのフランス大使館文化参事官のコスト氏に話を戻すことにしよう。

シャイヨ宮国立小劇場公演

この年のある日、コスト氏からわたしのところに「天井桟敷」のパリ公演を実現したいという意向がきた。わたしはそれをすぐに天井桟敷側に伝えた。田中未知さんは「いままでもそんな話たくさんあったけど実現したためしがないわ」と乗り気でない。九條さんは「いまは確かにタイミングとしてはよくはない。『覗き事件』の後でスポンサー探しはむずかしいわね。でもなにごともチャレンジしてみなくては」と前向きであった。

外交官であるコスト氏は、「最初にスポンサーありきという発想だからうまくいかないのだ、そのまえにフランス側の了解をとりつけるほうが先である」と主張。

十二月二十四日夜、つまりクリスマスイヴにコスト氏宅でプレゼンテーションを開くという提案があり、「天井桟敷」側もそれを了承した。フランス側の出席者はパリシャイヨ宮国立劇場の総監督で演出家のアントワーヌ・ヴィテーズ氏と舞台照明家のジャン・カルマンである。日本側は寺山、九條さんである。通訳はわたし。パーティー形式ではなくあくまでビジネス・プレゼンテーションだった。あらかじめ編集されたヴィデオ・カセットをまわしながら寺山が説明した。彼はあくまでも「奴婢訓」を推していた。

ヴィテーズ氏は一時間ほどの説明に注意深く聞き入っていた。そして彼は「奴婢訓」に興味を持った。ヴィテーズ氏はこの「奴婢訓」がジョナサン・スウィフトの原作を寺山が脚色しているのに注目した。フランスの観客を意識してのことであろう。スウィフトの作品がフランスで上演されることがめずらしいからである。

「奴婢訓」はある館に奴隷と主が暮らしていて、奴隷たちは毎日館の家事一切をさせられている。家畜のように働くように訓練させられている。一方、主はいつまでたっても現れない。そのうち奴隷たちは退屈しのぎに主ごっこをし始める。ある者が主のときには変わったことが起きてもいいのだが、なにも起きない。所詮、主になる器ではないのだ。ヘーゲルの「主と奴隷の弁証法」のような革命のユートピアは見られない。主を本当にやっつけるやつは現れない。ごっこだけなのである。さながら「ゴドーを待ちながら」のように神＝革命は訪れない。寺山は当時の日本に彼の苛立ちをぶつけたのかもしれない。日本には社会的な関係性がない。だから啓蒙主義は成り立たない。いまの若者だったらどう見るだろうか。音楽、美術、衣装、舞台設営、作者の演技が個性的なのでテーマパーク的に楽しめるのだろうか。今日的な楽しみ方があるのだろう。

この「奴婢訓」に色濃く見られるテーマは前衛性だ。今日では色褪せた概念になってしまった。絵画、アングラ、舞踏も前衛的とはいえない。当時はロシアやポーランドからアヴァンギャルド芸術論が入ってきてその影響下に実際の表現活動が行われてきた。そんななかに舞踏では土方巽、大野一雄。美術では工藤哲巳、横尾忠則。音楽では武満徹、一柳慧、黛敏郎。アングラ演劇では唐十郎、鈴木忠志、寺山修司。ヌーヴェルヴァーグ映画では大島渚、勅使河原宏、吉田喜重がいた。これらの人たちが既成の芸術に反旗を翻した。新しいことに挑戦し、活動の場を外に求めた。これは日本の文化的アカデミズムには思いもよらないことであった。そして、日本の前衛は海外で受け入れられた。

その観点がヴィテーズ氏にもあった。コスト氏はその場の空気を読んで「こども狩り」に固執しなかった。後で聞いたらとても残念がっていた。彼は「こども狩り」をフランスの子どもたちに見せたかったのである。

ともかく、この日にパリ公演のプロジェクトは実現へ向けて一歩前へ進んだことは確かだ。あとはスポンサー探しだ。コスト氏はまえまえからある財団に話を内々にしていた。飛行機代がカバーされる協賛金の話はすぐに決定された。パリ公演実現にはコスト氏に帰するところ大である。彼の情熱がなければ実現は不可能である。

わたしも十一年前のレ・アール市場の「天井桟敷」公演の状況を思えば、少しは意趣返しにお手伝いできたのではないかとうれしい気持ちがした。

『身体を読む』『寺山修司演劇論集』の発刊をめぐって

年が変わって一九八三年二月、体の調子が優れないと聞いていたら急に寺山から会いたいという。会ってみるとこれが嘘のように元気そうだった。原稿を二冊分持ってきてこれを本にしたいというのだ。

わたしは「急いでますか?」と聞いた。「あまり待てない」という返事が返ってきた。付き合いのある出版社に電話をかけてみた。意外に反応がなかった。そして、国文社からいい返事がきたので寺山にそれを伝えた。彼は非常に喜んでくれた。

それでも、発刊されたのはその年の十一月だったので寺山はそれらの本を見ることはできなかった。以上で寺山とのかかわりは終わる。

しかし、彼の死後十一年して「毛皮のマリー」の公演の話がきた。まだ、縁が切れそうもないのである。そのことについては、また別の機会に。

［7］　哲学的断片

［1］

人間の身体から発する物質的活動は、自由に他の身体に働きかけ、その身体を構成する物質を交換し、互いに交流を図る。それはエネルギー交換とも異なる物質相互の交換である。何のための交換かといえば、生命の活動を増大させようとしているのである。それは無機質的な物質の活動（エントロピーの増大＝熱力学的な活動）とは異なる生命活動である。

確かに物質的な活動であるが、他の個体との交流を伴う。であるので、生命活動の原理に従ったものでなければならない。科学史家カンギュレームの弟子であるフーコーはそれを「非人称のゲーム」と呼んでいるが、身体を介在にしたこれらの交流は、あたかもそれが知的欲求に従ったかのように行われる。

各個体は交流先の物質と交流可能か計算し、相手に直接働きかける。そのため先方の準備ができていないときには交流は不可能となる。この交流は、ことがうまく進まないと生命力が弱まり、不活発になるリスクを生じる。この知的ゲームのリスクは、不動という物質的非活動性原理の脅威にさらされることである。

〔2〕

ソクラテスの「汝自身を知れ」という教えは、誰にでもある青春の悩みから解放されるにはいい教訓となる。自分探しの最中に、あれこれと目を移していったのでは、到底目的は達せられないからである。自分に集中せよ。正論といえよう。

一方、アリストテレスは観察の人なので、自分のまわりの現実をよく見るように勧める。それを記述し、分類し、体系化すら推し進める。そのときには推論を用いる。その結果、植物、動物、人間、社会、国家、論理、倫理、政治、魂、美学にいたるまで論じることが可能となる。

〔3〕

デカルトは、そんなアリストテレス的な考えに反旗を翻す。「われ思うゆえに我あり」は、物事には原理原則があっておこる。それがはっきりしていないところでは同様な現象が起きても同一なものとみなすことはできない。

『方法序説』ではまだ「疑うわれ」に力点がおかれているが、『省察』では、安定した思惟が見出され、それを妨害する要素を取り除いていった。デカルトにとって狂気は認識の対象外のものであった。このことから思惟は新しい対象を得ることができた。

晩年のフッサールはデカルトの純粋思惟の部分をより前面に推し進めた。思惟する主体を保持しながら、その対象的局面と思惟の方向性に注目した。いったん主体と対象が定まってしまえば、あとは思惟が活動できる。記述的現象学は対象を定めれば何でも可能となった。その方法は自然科学の分野だけでなく、心理学、美学、社会学へと発展していった。

【4】

『哲学とは何か』はドゥルーズ&ガタリの共同作業としては『ミル・プラトー』以来だ。ドゥルーズは前作『記号と事件1972-1990』で自分が哲学史家であることを表明した。自分がこれまで学際的、専門的であり過ぎたとの反省があるのだ。この『哲学とは何か』は一般読者に読まれることを大いに期待して書かれたものである。

ところが安易に手を出すと思わぬ罠にはまるので注意が必要だ。平易に書かれているが難解である。ただ単に「哲学」をめぐる難問やその解説に終わろうとしているわけではない。著者たちの狙いは哲学の再認識や危機を訴えようとするものではないからだ。

哲学が何かをすることが可能だとしたら、それは新しい概念を誕生させることによってである。しかし、それは科学や芸術の新しい理論を打ち立てることによってではない。哲学は概念を形成し、考えだし、創出する技術である。そのためには友人を必要とする。古代ギリシァ人は東洋的賢人に代わって、知の友人を発見した。

友人とは趣味が合わなければならない。しかし、その趣味は個的なものに求められず、内在的な現在性において実感されなくてはならない。哲学は概念の友人だからである。ドゥルーズ&ガタリが新しい概念が必要だと言うのには、それなりの理由があってのことである。ヘーゲルやニーチェの後に哲学が存在する意味を持つとしたらそれは何か。ハイデガーとナチズムの関係を知ってからの哲学は何をしようというのか。現代科学の目覚ましい進歩に対して哲学はいまさら何を付け加えようとするのか。

二人はその答えを古代ギリシァに見出そうとする。まず、アテネのアゴラ(広場)に注目した。アゴラは国際的な市場で世界中のモノであふれていた。商人だけでなく職人たちも出入りした。それに交じって逃亡者たちもいた。そのカオスのなかに哲学者もいた。そこは遠くアジア、アフリカ、中東から集まった知者たちがほかならぬ「哲学」と結びつくために集まったオデッセイア領域であった。

哲学は、彼ら異邦人によってつくられた言っても過言でない。異邦人がそこに見出したものはなにかといえば、社交性である。彼らは互いに議論を交わすことによって、信頼関係を作り、互いに結束するようになる。外からの干渉を排除しようとする。やがて、形象的思考が生まれる。古代ギリシァの内在的思考は知と宗教において見出されるが、垂直的な超越者のありかを示す。古代ギリシァの哲人たちの独自性は、アゴラにおける相対的脱領地化と、異邦人によってもたらされた内在的思考の絶対的脱領地化とを結びつけたことにある。それは友人と思惟の結びつきである。

このシェーマは少々アリストテレス的図式に似ている。ドゥルーズ&ガタリは古代ギリシァの哲人たちがフラクタル構造を理解していたとする。

古代ギリシァの都市国家は原住民《オートクトン》を解放し、海洋へ向かわせた。彼らは半島のなかを移動するが、海に近づけば海岸線が長く見えるようになる。彼らは商人ではないので遠い地方に行くことは夢見なかった。少しづつ脱領地的な様式を身につけながら内在性に関心を持つグループになっていった。ある日、彼らはギリシァの外からやってきた人たちと接するようになる。そこで生まれた思惟は大地を吸収するほどの内在性プランとなった。このプランの脱領地化は再領地化と矛盾せず、新たな来るべき大地の創造へと発展した。

ドゥルーズ&ガタリはそこにギリシァ的思惟の東洋的思惟への積極的関与を見出した。それはいわば前哲学的作業とでも呼ぶべきものである。彼らは主に形象的思惟の持つ特徴を評価した。形象は、本質的に、パラダイム的で映写的、ヒエラルヒー的である。

俗説では、概念は理性という昼のステータスを保つが、形象は非理性的な夜のシンボルを持つことになっている。概念は死せる悟性の人工的運動に身を任せるが、形象は図への射影であり、垂直の超越を表わす。

ドゥルーズ&ガタリは両者が内在性とかかわるところに共通点があるとしている。形象は図への射影であり、垂直の超越を表わしている。概念は臨在性と地平的に存在する連結しか示さない。形象が概念に近づいてゆくことによって哲学が誕生する。こうして哲学は概念として古代ギリシァの大地に生まれたのである。それは地理学的哲学といえる。

しかし、その哲学が自立するには海岸にたたずみ、そこから脱出する試みがなされる必要があった。それが今度は別の場所から超越的な認識を可能とするような流れが生じてきた。古代ギリシァ人は概念化を通してそれを永続化するのに成功した。

二人によれば、現代哲学の仕事はこの古代ギリシァへの再上陸から始まる。その作業に最初に取り掛かったのはドイツ人である。ところが彼らは古代ギリシァ人とは反対の生き方をしている。

古代ギリシァ人は情熱と酩酊のうちに内在性のプランを創造した。現代哲学は概念を持ってはいるが、それをどこへ位置づけたらよいかわからないでいる。それは、私たちが真のプランを欠いているからに他ならない。

ドゥルーズ&ガタリは内在性のプランのなかに、大陸的理性の硬直性の代わりに、ドイツ人が決して本気ではやろうとしなかった、東方的思惟の可能性を反映させようとしている。そのためには、古代ギリシァの地に戻り、そこで思惟することが現代哲学の行き詰まりを解放する道を拓くことになるのだ。いまでも、超越性や内在性のなかにエーゲ海の明るい光が射す必要があると言えまいか。

［8］ 永遠の生を表現する顔

川倉、賽の河原地蔵尊

五月のある日曜日の朝、天気が良いので、日課にしている早朝散歩を止めにして、少し遠出をすることにした。幸い五月晴れ。わたしは津軽の春が好きだ。温暖で湿気がない。少々歩いても汗をかかない。

弘前駅から五能線に乗って五所川原駅まで行った。そこで津軽線に乗り換え芦野公園駅まで行った。途中、津軽線の列車内でアテンダントに観光案内をしてもらった。パンフレットや地図を用意してくれ、行先までの工程を実に丁寧に教えてくれた。芦野公園は昨年同じころ太宰治生誕祭の際に訪れたことがある。芦ノ湖河畔からはるかに望む津軽平野は広々としてのどかだった。

わたしはアテンダントの案内どおり、芦野公園駅に隣接する喫茶店で自転車を借りることにした。途中の道は上り坂、下り坂と平坦ではない。結構運動になる。あたりに観光客の姿は見当たらない。

なぜ今回地蔵尊詣でなのかと言えばそれには少々訳があった。わたしは一九八七年にパリのバスチーユ劇場でカルロッタ池田のダンス公演「小さ子」の原案を頼まれたことがある。振付・演出は麿赤児が行った。カルロッタは一九七四年に室伏鴻とアリアドーネの会を結成。翌七八年にはパリに拠点を移し、特に八一年の「UTT」はフランスで舞踏家としての地位を確立させた。

「小さ子」は水子として生まれた女の子の運命を描いている。両親は小さ子の出生を憂い、小さい船に乗せ川に流す。死出の旅である。ところが川の下流に暮らす老夫婦が小さ子を川から救い出し、大切に育てる。そのかいあって小さ子は無事に大きくなった。とは言っても体は小さかったので近所の人は小さ子と呼んだ。彼女は自分の出生の秘密を探しに旅に出る。旅先で同じ境遇にあったハイヌウェレと一晩じゅう語り明かした。また、イシスとは女である喜びについて話す。小さ子は人に出会うことで生きる力と勇気を得た。「小さ子」の公演は大盛況であった。その後もレパートリーとして何度も上演された。この作品は日本的な信仰の在り様がどこまで欧米の人たちに伝わるか試したものだった。今回の探報は、津軽には賽の河原、恐山が民間信仰のメッカであると聞いていたからである。

自転車で藤枝溜池から離れないように右に迂回してゆくと地蔵尊堂と書かれた木の看板が立てかけてあった。鳥居を入ると右側に七体のお地蔵さまが立っていた。境内の中央は広場になっており右側に百年以上の樹齢があるかと思われる杉林があった。寺の歴史は百七十年昔に及ぶ。

寺の言い伝えによれば、ある日天から光が下りてきて大地を照らした。その地からお地蔵さまが出てきた。恐山は土地の霊性を祈り、この地は地蔵信仰であるという。中世からお地蔵さまはこの世と冥界の境に立ち冥界に行くものを救うと信じられた。弱者を救い、子どもを救う。賽の河原で獄卒に責められる子供を地蔵菩薩が守る姿は仏教歌謡に多く見られる。

境内の中央奥に本堂である地蔵尊堂がある。なかに入ると大きなお地蔵さまが一体、その脇に小さいお地蔵さまが三体ずつ六体祀られている。天井からは千羽鶴が下がっている。本堂右側には別のお地蔵さまが並んでいる。小さいが数十体ありお菓子、赤いかざぐるま、バケツが飾ってある。視覚的に強烈なのでわたしの目が影響を受けるのを感じる。なかでも圧巻は二千体あるといわれる本堂最奥のお地蔵様である。それらのお地蔵さまはさまざまな色と形状をしており、そのモデルとなった対象者の面影を色濃く映しているに違いなかった。

わたしの視覚はそれら一体一体に魅了された。微笑みかけてくる。その微笑みに答えている自分がいる。異常である。自分はどうかなってしまったのか。わたしは、あたかも生きた人間に対するかのような反応をしていた。しばらくのあいだ本堂のなかでたった一人、二千人の人たちと無言の対話をしていた。まったくあっちの世界にトリップしていたのだ。お地蔵さまの思いを再現しようとした親たちの信仰がこのような奇跡の像を可能にしたのだ。これまで見たこともない個性あるお地蔵さまはそこに生きる人びとの独特の信仰の在り様を反映したものに違いない。

しばらくわたしはお地蔵さまのお顔にとりつかれていた。そしてそれほどまでに子ども対する親の愛情の深さと、弱きものに対する津軽の人びとの同情心の深さを知った気がした。

自転車で再び芦野公園駅の隣の喫茶店に戻り、自転車を返し、コーヒーを飲みながら、パリ公演のときの「小さ子」公演のことを思い出していた。

[9]クマの磔刑図　書評『マタギ　矛盾なき労働と食文化』(田中康弘)

マタギのルーツを探っていくと、農耕以前の狩猟採取の時代にまでさかのぼる。その時代マタギはエコロジカルな生活をしていた。彼らは獲物を確保するためだけに狩りをしているのではなく、集団を形成し、結束して狩りをした。狩猟は結束を確認する手段でもあった。

東北地方では並行して蝦夷の狩猟文化もあったのでそれも混交している。古代から混交体として存在していた日本の狩猟文化は、鎌倉時代に始まる武家政治の時代を経て江戸時代にはひとつの統一的文化として確立されていく。

マタギは藩に抱えられ、大型獣、特にクマの狩猟と屠殺、解体(儀礼を含む)を生業とした。クマの胆のうと皮は藩に収め、肉は自分たちで食したようである。多く取れれば褒美も出た。胆のうの加工には技術も必要なので藩主の健康維持の目的で重視された。

クマ狩りは冬に行われた。主に鉄砲を用いたが、ときに鉈、タテ、小刀も必要だった。彼らの銃器を用いる能力が藩の軍事的な防衛的意味も帯び、国境線警備の仕事もあった。

こうしてマタギは藩の福祉、軍事におけるそれなりの地位確保がなされた。この時期マタギ文化は頂点を極めた(「白神学」第三巻)。

しかし、このマタギ文化も幕藩体制の解体とともに失われてゆく。明治以降になると一般消費が減り、マタギは胆のうを自分の家で消費した。同時に皮の消費も減っていく。ただ秋田・阿仁だけはクマの大量捕獲が行われていた。自家消費以外の販売ルートがあったのだろう。

数多く出版されているマタギに関する書籍のなかで、特に『マタギ　矛盾なき労働と文化』がわたしの目をひきつけた。それは掲載されている写真のせいであった。

著者の田中康弘氏はプロのカメラマンである。取材で数少なくなったマタギを追って山の奥深くまで入っていくことがある。彼の取材力はフットワークの軽さと写真に収めていく映写力といえる。特に、ディテールを撮り重ねながら全体像を浮かびあがらせ、独特のマチエール感を与える。正直いってわたしは本書を一読したときしばしば目を覆った。あまりにもリアルな写真に遭遇したからだ。中断しつつも最後まで読破できたのはその写真の魔力に惹かれたからである。

田中氏によればマタギは職業的猟師ではないという。狩猟法で猟期や獲物が限られている。それゆえ彼らの生業は旅館経営、工場勤め、公務員とさまざまである。獲物も昔はクマ、ウサギ、テン、キツネ、アナグマ、サル、カモなどだったが、それがいまでは、クマ、ウサギ、ヤマドリ、カモ類に減った。

なかでも最大の獲物はクマである。田中氏は実際クマの解体作業に立ち会った。その作業のプロセスが写真入りで詳しく紹介されている。

マタギはこの作業を「けぼかい」という。既存のクマの毛皮を被験体にかけ、唱言をして引導をわたす風習である。マタギは「あぶらうんけんそわか」と唱え、クマの体にナガサ(山刀)を入れていく。まずは喉元から胸にかけ、そして四肢の内側にも切り込みを入れる。次に服を脱がすように皮を剥す。脂をこそぎ落とし、足首を外す。喉元から骨盤まで断ち割る。骨の折れる作業だ。

次に内臓を取り出す。腸が発酵していて大きく膨らんでいる。内臓のなかから肝臓、胆のうの順で取り出す。内臓を取り出すと胴体に穴が開く。底にたまった血をお玉で掬う。脂、血液、骨、肝臓、最後の胆のうは薬になる。次に四肢を切り外し、枝肉と胴体に分ける。

こうしてクマの肉は赤肉、骨付き肉、内臓に分かれる。たっぷりと塩をかけ丸める。「けぼかい」は二時間余りで終わる。

肉の分配は勢子(追い立て役)とブッパ(鉄砲打ち)のあいだで平等に分けられる。参加できなかった仲間にも肉は配られる。この民主的分配法を「マタギ勘定」と呼ぶ。

わたしはこの本を読んで(写真を見て)いて、不思議な気にさせられているのに気が付いた。それは、なぜ残酷なクマの解体写真に魅了されるかである。それはクマの解体が客観的なモノの解体ではなく生物の解体だからだ。獣の解体をとおしてわたしの肉体も引き裂かれていた。

本書にあるクマの生体解剖写真を見て、画家のフランシス・ベーコンの絵画のことを思い起こしていた。「磔刑」という作品シリーズでは、動物の解体と人間の処刑の観念が重複した絵が描かれている。彼は「ぼくたちはどう見たって肉、潜在的な死体なのだから」と告白する。はかないものが持つ美しさを表現したいと思って死肉を描く。その絵を見たミシェル・レリスは「徹頭徹尾動物性のレベルに留まる人間が思い起こされる」といっている。

本書の著者が写真で表わしたクマの解体写真には、そうした現代人のなかに動物性という記憶を呼び覚ます術があったのだろうか。

[10] 魂を売った男の顛末　ウィル・タケットの舞踏劇「兵士の物語」

学校が休みに入ったので東京芸術劇場へ行って舞踊劇を見た。しばらくダンス公演を見ていなかったのでいいダンス公演はないかと探していたところ、衣装デザイナーのワダ・エミさんが「兵士の物語」がいいと勧めてくれたので見に行った。演出したウィル・タケットの公演は二〇一二年の「鶴」(神奈川芸術劇場)を見逃しているので今回は逃したくないと思った。

じつは会場の芸術劇場プレイハウス(中劇場)には思い出がある。一九九〇年のこけら落とし公演の招聘担当をしたからである(主催・東京国際演劇祭90)。フランスの国立カーン・コレグラフィーセンターの「森の中の許嫁」(カリーヌ・サポルタ振り付け・演出)公演である。そのとき、舞台セリがたいへん大きく、地上まで下がっていって、トラックから大道具を降ろし、そして真上にあがってくるのを見てたいへん驚かされたのを覚えている。

「兵士の物語」(ストラヴィンスキー作曲)が出来上がるにあたってはちょっとしたエピソードがあ

った。一九一五年、ストラヴィンスキーと小説家ラミューズはスイスで出会った。ラミューズはかねてよりストラヴィンスキーを敬愛していた。そのころ、ストラヴィンスキーはロシア革命で不動産を没収され、加えて第一次世界大戦がはじまり、彼の出版権を持つ出版社がドイツにあったので彼が作曲した作品の印税がまったく入らなくなり、経済状態は逼迫していた。

二人の芸術家はこの窮地から脱するために策を練った。大きな作品の上演は不可能なので、巡業公演が可能な小規模の劇作品を作ろうと思った。ストラヴィンスキーはロシアの民俗学者が蒐集した民話集のなかから物語をひとつ選びラミューズに台本化を依頼した。台本は一九一八年に完成、「読まれ、演じられ、踊られる」音楽という新ジャンルが誕生した。

オーケストラはクラリネット、ファゴット、トランペット、トロンボーン、ヴァイオリン、コントラバス、パーカッション各一名の計七名の小編成である。初演は一九一八年九月二十八日、ローザンヌの市立劇場である。指揮のアンセルメはストラヴィンスキーと親しかったので、彼がアメリカに演奏旅行に行ったお土産にラグタイムやジャズのシート・ミュージックを持ち帰った。それらをもとにストラヴィンスキーは作曲した。当然のことだがそれはいままでの彼の作風とはまったく異なるものであった。上演はダンス、マイム、せりふとオーベルジョノワの美術、新曲の組み合わせで斬新なものとなった。

物語の筋は、休暇をもらって故郷に帰ろうとしていた兵士が途中でヴァイオリンを弾く、するとそこへ悪魔が現れる。兵士と悪魔は知恵比べをし、ついに兵士は悪魔との賭けに敗け破滅する。ゲーテの「ファウスト」そっくりである。

　演出のウィル・タケットは生粋のロイヤル・バレーのダンサー、振付家である。その彼がストラビンスキーの作品を手掛けるには当然、リスクがある。この作品が生まれたころのパリはベルエポックの名残りで世界中から芸術家が集まっていた。コクトー、ピカソ、サティ、サラ・ベルナール、ディアギレフらがカフェ・ドゥ・マゴやカフェ・フロール、レストラン・クーポールに集い、文化的交流が盛んであった、その勢いで新しい作品が生まれやすかった。あまりに斬新すぎて当時の観客に必ずしも受け入れられたわけではなかった。ストラヴィンスキーの「オイディプス王」もコクトーによる台本だが成功したという話は聞かない。

　今回の「兵士の物語」も斬新なだけにロンドンで公演するのは躊躇された。兵士役のアラン・クーパーが映像インタビューで告白していたが、ロンドンの観客は保守的でジャンルの違うパフォーマンスは見たがらないそうである。ところが、サイトウ記念フェスティバルのオペラ公演「オイディプス王」の成功(ワダ・エミはエミー賞最高衣装デザイン賞を受賞している)はイギリスのアーティストたちにインパクトを与えたのである。日本の観客はいい意味で伝統に縛られないのと制作サイドの大胆な企画力があり思いがけないすばらしい作品が生まれてくる可能性がある。演出のウィル・タケットはそういう意味で日本公演バージョンを考え、挑んだのであろう。

　できた作品にはもちろん「オイディプス王」ほどのパワーはなかったが個性は発揮できたといえる。シェイクスピアを生んだ演劇的伝統、バレーダンスによる舞踊テクニックの高さとリズミカルな動き、それに芸術的な音楽の独自性、この三要素が集まりミュージカルでもないオペラでもない新しい舞台芸術の誕生を感じさせる確かさがこの公演において見られた。

（注記▼「兵士の物語」は二〇一五年七月二十四日〜八月二日、東京芸術劇場プレイハウスで上演された。）

[11] 7・28と3・11への鎮魂巡礼

福士正一の舞踏を観て

八月二十八日から九月一日まで、青森県立美術館で「国際パフォーマンス・スタディーズ学会」が開催された。世界二十三カ国から、批評家、実践家、研究者が参加した。

この学会の開催と同時にフリンジ公演が市街地で催された。八月三十日、十時半に始まる「オドラデグ道路劇場」のパフォーマンスを見るため、久しぶりに早起きして出かけた。このウォーキングパフォーマンスは市内の善知鳥神社から始まる。旗を先頭に福士正一が歩きながら踊る。そのあとをアメリカ在住の舞踏家玉野黄市がリヤカーの上に乗り、傘をさして踊る。ダンサーはみんな白塗りである。三味線、太鼓、サキソフォン、クラリネット、パーカッションの楽隊が続く。

彼らの奏でる音楽が踊りのうえにかぶってきて眠っていた体が目覚める。音頭のようでもありスイングジャズのようでもある。しんがりを務めるのははダンサーたちの一群だ。境内の林の緑、鳥居の赤のなかで彼らの白塗りの顔がひと際浮き上がって見える。福士は小さな鳥居をくぐりぬけ独り踊っていた。神社に充満するエネルギーが体に働きかける。福士はそれに呼応しようとし、エネルギーをいくつかの次元に分散させた。観客の目は惹きつけられる。ところが、それを注視しようと近づくと、福士はくるっと体を翻し、先のほうに歩いていってしまった。観客だけでなく、楽隊、コロスもその場に残された。彼らも福士のトリックにみごと嵌った。それにお構いなく福士はひょうひょうとした足取りで中心街へ向かった。

神社の杜から吹いてくる風がさわやかだ。赤信号のあいだに後の一行は追いついた。信号が青に変わると、福士は横断歩道を渡るかわりに道路中央で止まった。そこで踊りだす。するとコロスたちもそれに倣い中央で丸い円形をつくって踊る。みな即興である。また商店街では、福士は歩道を行く。雑踏のなかをすいすいと進んで行く。そうかと思えばお店に入って行く。店の主人は予期せぬ珍客に笑って応対する。次は電話ボックスのなか。何かまじないをする。出てくると今度はベンチに座っている外国人のご婦人の隣に座る。ご婦人は恥ずかしがらずににこやかに反応する。その光景をちょっと離れたところからご主人がカメラに収めている。福士は消費社会の中心部に侵入し自らの行為が商品コードにからめとられることも恐れない。むしろ商品コードをとおしてしか公共空間に達しえないことを知っているからである。同じような戦略で演劇活動をしているのが、天井桟敷(『ノック』)、オディン劇場(『アナバシス』)、エルコメディアンツ(『カルナヴァーレ』)だ。

福士は中三デパートのショーウィンドウの前に止まりカルバン・クラインのカッティングデザイ

ンの世界に自らの衣装を対峙させる。品をつくり、まんざらでもない表情である。行列は商店街から横に逸れ古川魚市場を目指す。道々のお店から差し入れがある。アイスクリーム、花、魚……。すると再度、オドラデグの一行は雑踏のなかで消えてしまった。横断歩道を渡りきれずにいた。それほど交通が混雑していた。それでも福士はベンチで一人のんびり小休止である。一行が追いつく。今度は福士は古川魚市場に飛び込んで行く。そこへリヤカーもコロスもみんな躊躇せず入っていくものだからたまったものではない。大混乱が起こると思いきや、小道は買い物客で賑わっていたが、混乱もなく市場を抜けて行った。

そして目的地のアウガに向かう。地階への階段を下りてゆく。そこにも魚市場がある。通路は古川より少し広めなので福士は玉野と一緒にドゥーオを踊りだす。すると他のみんなも踊りだす。福士は口に生《なま》のカレイを銜え、玉野はサンマを銜え踊りだす。地階には食堂があり、昼時のランチに集まった人たちも突然の狂騒に唖然とする。地階には広場がある。そこにはブランコが下がっていた。早速、玉野がそれに乗る。福士は投げられた賽銭を拾う。コロスたちも集まり円形になって踊りだす。何やら儀式めいた雰囲気がただよう。見ていた外国人の観客もそれまでカメラのシャッターをひっきりなしに切っていたが指を止め、ただ見入っている。

舞台正面には横長の和紙が貼られていた。福士は口に魚を銜えたまま人差し指の先に墨をつけ体は正面を向きながら背後にむけてなにやら文字を書き始めた。即興文字である。何のメッセージか。神社・商業地区・市場と続く道程の意味とは？

この問の答えを探すのに時間はかからなかった。哲学者レヴィ・ブリュルのいう「限定された地域では、その外貌、形態樹木、泉……に特徴づけられた場所は、そこに現れ、或いはそこに住む、見得る、或いは見えないものに、また、そこで再び具体の機会を待っている個人的精霊に神秘的に結ばれる」(『未開社会の思惟』)という言葉が浮かぶ。それでは、なにと繋がっているのか。福士たちの行列が目指したものは、津軽・青森の地底に住む先の戦争の空爆で亡くなった人たちの精霊と、3・11の犠牲者の霊を弔った行為だと理解した。

わたしは、「ポスト3・11」東北・青森の鎮魂巡礼に立ち会っていたのだと納得した。

[12] 闇の果ての記憶の深層へ

ボルタンスキー&ジャン・カルマン「最後の教室」

八月中旬に東北新幹線のなかで「トランヴェール」(八月号)誌を開いてみた。巻頭の山田五郎のエッセイ「山菜ぎょうざとボルタンスキー」に目が止まった。それは越後妻有で行われているアートトリエンナーレの取材記事だった。

わたしはインスタレーション「最後の教室」(クリスチャン・ボルタンスキーとジャン・カルマン作)に興味を持った。記事のなかの写真に惹きつけられたからだ。そして見に行こうと決断した。

九月十二日(土)新潟県越後妻有で開催されていた「大地の芸術祭」を訪れた。大宮駅で上越新幹線に乗り、越後湯沢駅で降り、ほくほく線に乗り換え松代駅で降りた。駅構内には主催者の案内所があった。そこで会場までのアクセスを尋ねた。思っていたより芸術祭の会場は広かった。「最後の教室」まで行くには路線バスで三十分ほどだという。次のバスが来るのを待った。ほどなくバスが来た。バスは山の中を進んで行った。

バスは橋のたもとで止まった。「最後の教室」の看板が出ている。乗客全員がバスから降りた。そして、何も言わずに看板の示す方向に歩き出した。わたしは一人、事の成り行きを了解できずに、その場に立たずんでいた。六百メートルほど先の旧東川小学校まで歩いて行かねばならないと案内に書いてある。「それなら学校までバスで連れてってくれればいいのに……」と独りつぶやいた。他の人たちはもう大分先のほうを歩いている。わたしも遅れまいと後を追った。

しばらく里山の風景を見ながら歩いていると、主催者の意図が納得できる。秋風が心地よく吹いてくる。

展示会場は廃校の体育館内にある。この「大地の芸術祭」の主催者は、過疎化で空地になった建物に手を加え、住居や店舗に建て替え、そこにアート作品を展示するという運動をしている。二〇〇〇年に始まったこの芸術祭は今回で六回目になる。前回の来場者数が四十九万人というから大したものだ。

「ここの作品のほとんどはここの暮らしと切り離せない、この場所に来ないと出会えない」とは主催者の言だ。芸術は本来あるべき場所で暮らしに密着したもの。都会では見られない生き生きした存在感を備えたものでなくてはなるまい。それに出会えるのはうれしい。

今回の作者の一人であるボルタンスキーはフランスの彫刻家、写真家、画家である。写真や古着、ろうそくの光など、さまざまな素材を使って作品を制作している。ユダヤ人の父が差別を受けた経験から「生と死」のテーマを扱うようになったという。シューベルトの歌曲「冬の旅」を主題にした演劇作品では、死者の衣類を大量に積み重ねた美術で話題になった。また、肖像写真に電球を当て金属の箱で祭壇を作る「モニュメント」もユニークな作品だ。

もう一人の作者であるジャン・カルマンはポーランド系フランス人で、修士号を哲学者エマニュエル・レヴィナスから得ている。お父さんはタピストリー作家で南仏に彼の美術館がある。ジャンは写真、舞台照明、演劇評論と多彩だ。英国ではロイヤル・シェイクスピア・カンパニー、ナショナル・シアターで照明家として活躍している。その功績が称えられローレンス・オリヴィエ賞を受賞している。

じつは彼とは「毛皮のマリー」でご一緒した(一九九四年パルコ劇場)。プロデューサーだったわたしは照明プランをお願いした。彼が「どんな証明がいいか」と聞いてきたので、以前彼がやった「マハーバーラタ」(ピーター・ブルック演出)の横からくる強烈な照明と「カフカの夢」(フィリップ・アドリアン演出)の上からくる淡いシャワーの照明とのミックスがいいと言った。彼は見事にそれを作品のなかに実現してくれた。プロデューサー冥利に尽きると思った。

わたしは展示会場の入口で入場券を買ってなかに入った。なかへ入ると真っ暗で何も見えなかった。目が暗闇に慣れないからだろうと思い、しばらく待った。前に進むことすらできない。低い長椅子があるのは予め写真を見てわかっていたが、その上に扇風機が乗っている。長椅子の上に座ればいいのだが、それができない。立ったまま手に持っていたカメラのシャッターを切った。すると、ちゃんと写っているではないか。二度三度とシャッターを切ってみる、やはり写っている。ということはカメラより自分の視力が弱いということか。加齢のせいで暗闇での視力が極度に衰えたか、と訳のわからぬことを考えたりした。といって誰かに見えますかとも聞けない。暗闇のなかでしばらく冷静になるのを待った。

すると見えないのは同じだが、頭のほうが動き出した。作者の意図はこれだ、鑑賞者の頭をブラックアウトにするのが狙いなのだ。そして誰も使わなくなった体育館の現在に思いを寄せるときが来るまで真っ暗な状態が続く（実際には明るくなることはない）。そこにいた人たちのことに思いを廻らすようになる。それを狙ったのではないか。わたしはいわば不在の空間に支配されている。本来、灯りはあるものを明るくするためにある。ないものは明るくしない。それがわかっただけで救われたような気がした。

わたしは闇のなかでほとんど一歩も先に進んでいなかった。ただ闇のなかで佇んでいた。そしてわれに返り、一歩退いてみたらそこは元の光の世界であった。

（注記▼「大地の芸術祭」は二〇一五年七月二十六日〜九月十三日まで越後妻有地域で開催。）

［13］　鬼沢の鬼は裏の鬼　鬼神社を訪ねて

十一月十日朝九時近く弘前駅のバス案内所へ行き鬼沢へ行くバスの時刻を聞いた。十一時近くまでバスはないという。二時間も待つのはもったいないので自転車で行くことにした。

地図によれば弘前城先を右折してあとは三十一号線を真っ直ぐ行けばよい。

最初の五キロは比較的平坦な道だ。左側遠方にあった岩木山が徐々に大きくなり、山肌がくっきりと色づいて美しく見える。五キロを過ぎると少しずつ上り坂が多くなってくる。ときどき自転車を手で引いた。それもそのはずである。すでに岩木山の山麓にきているのだから。

鬼沢には十一時前に着いた。息をついている暇はない。小雨が降ってきた。移動しなくてはならない。行先は鬼神社である。小雨がしとしと降るなかを行く。坂を登りきって右折し、しばらく行く。やがて前方に森が見えてくる。

近くへ行くと煙が立ち上っている。境内のあちこちで焚き火をしていた。雨のせいでよけいに煙が出ているのである。小型自動車から降りてきた男の人が手に籾と米をもって拝殿に向かう。

わたしも後を追ってみた。拝殿にはすでに町内の人たちが集まっていた。神主の太鼓とともに一年の収穫を祝う相嘗祭の開催である。焚き火の火がときおりパチパチと音をたて儀式の雰囲気を高めている。

境内をまわってみると、大鳥居の鬼神社の額が目立っていた。よく見ると「鬼」の字に角《つの》がない。ここの鬼には角がないということか。奥には太い注連縄《しめなわ》のかかった鳥居もある。さらに行くと道はUターンする。拝殿を仰いで鳥居がある。その鳥居には卍紋がついている。幸運の印だろうか。もう一方の左側には馬の像が堂々とわたしたちを見下ろしている。これは平和祈願か。またそばには狛犬が手招きしている。

拝殿に近づいてみると軒下に巨大な農機具が飾られている。小さな拝殿のまわりに大きな鉄製の農機具が飾られていて鎧のように見える。狭い境内にこれだけミステリアスなオブジェがあるのも珍しい。わたしは、しばらくのあいだ石段の上に座ってあたりを見回した。そして、そこを離れた。

三十一号線に戻る途中で鶴の立派なレリーフがある蔵に出くわした。通る人のこころを和ませてくれる。三十一号線に出ると牛頭神社に出会う。なかには庚申塔、猿田彦大神塔が祀られており。水取の争いが起きないように閻魔大王の側近である牛頭天皇を配置している。役割の重要さに比べて質素なのが印象的である。

三十一号線を鬼沢郵便局に向かって進む。鬼の土俵が先のほうにあるという。観光マップにはすぐ近くにあるように描かれていた。土地の人に聞いてみたがはっきり知っている人はいなかった。自転車を引きひき山道を行くこと一時間あまりで、「鬼乃土俵」という石碑のあるところまで行った。それがなければ草が鬱蒼と生えていて見過ごしてしまうところだ。

しばらく登り坂を行くと視界が開けてきた。紅葉した岩木山が聳えて美しく見えた。一応、目的を達成したので元の道を帰ることにした。坂道を下りながら、この鬼沢の鬼とは誰なのか思いをめぐらせた。

その昔、岳温泉で坂上田村麿が鬼を退治した森があった。それは「シトゲ森」と呼ばれた。鬼の首は「ヤンサ森」のなかを引かれ地蔵森まで来て埋められた。そして鬼首塚ができた。やがてそれが岩木山神社に祀られることになった。

もともと、巌鬼山神社が鬼の発祥の地だった。折口信夫の言うように「鬼とは本来死人の霊である。鬼はおおひとと同義である。空想の所産で、山の神は人間を指し、鬼は先住民を指した」(「鬼と山人」)。別当寺が百沢に移ってから支配権はそちらに移った。それからは百沢口が表となり赤倉口が裏となった。鬼は支配者の守護神となり赤倉山の岩々に封じ込められてきたのだった。長いあいだ人の目を忍んできた鬼は変わった。変わらざるを得なかった。

だから、津軽の鬼、つまり赤倉口の先祖鬼には角が生えておらず、こころ優しいおおひとである。村人のために水路を作ってくれるありがたい神様といえまいか。鬼沢村ではいまでも節分には豆をまかず、鬼を追い出そうとはしないという。いまは裏の鬼が主流となっている。

帰り道で脚がつってしまい自転車を降りた。スポーツドリンクを飲みながら岩木山を眺めてみた。

すると山がいささか雄々しく見えたから不思議だ。

[14] 老いたるりんごの物語

阿部澤展を見て

十二月十三日、友人の勧めで鳴海要記念陶房館ギャラリーに行ってみた。日曜の朝九時半、開館しているか心配だったが、外に看板が出ていたのでラッキーと思ってなかに入った。すると、ギャラリーにはすでに人がたくさん来ていた。そのなかに画家もいた。

早速、お話を聞いてみた。

阿部さんは十五年前から、りんごの老木の絵を描いている。鬼沢のりんごの木が始まりだ。以来、五十四本の木の絵を描いてきた。

なぜそれほどりんごの木にこだわるのかといえば、それはりんごの「顔」によるという。木の顔を見てると、育てる人の顔が浮かんでくる。各々のりんご園で木の「顔」が違う。それは絵を描いていて気が付いたという。

「りんごは収穫まで半年かかるのです。収穫物のなかでは一番手がかかるので、世話する人の性格が表れやすいのです。」

まるで、自分が育てているかのように語り口が熱っぽい。

「育てる人のかかわりが深くなければ擬人化しにくい。絵としての魅力に欠ける。ぼくの絵は盆栽を描いているようなものなのでしょう。」

ときどき、老木が途中で折れていて、朽ち果てる寸前のところにまでいっているのもある。画家はそれを見届ける役割を担っている。終末期芸術。人間とどこまでも結びつている。

ところが、最近のりんごの木は面白くないという。

「選定が行き届きすぎてみんな同じ木の形のものしかできてこないのです。別の言い方をすれば、人間が画一化してしまった。その人たちが選定したので画一化した木の〈顔〉しか生まれないのです。」

阿部さんが老木に魅せられたのは、りんごの木と友達になれたと思った十五年経過してからの思いだ。

展覧会の名称はプロコフィエフのピアノ曲「老いたる祖母の物語」から借りてきたのだという。りんごはロシア語だと女性名詞なので「祖母」をりんごと置き換えて、「老いたるりんごの木」とした。寒い地方ではりんごは母の木と慕われてきたからだ。

「それに、りんごは神秘的なところもあって、夜になるとそこいらじゅうを歩きまわっていると思われているのです。どこか西欧世界の気配が感じられるのです。確かに日本にはないものです。」

収穫したりんごの味は若かろうが、年を取っていようが関係ない。その木が生えている場所が肝心だという。それはワインでいうテロワールと一緒だと思った。

阿部さんが描くりんごの木には、枝打ちされたものがある。そのまま朽ちていくと思いきや、そこから新芽が出てきて、そのまま上に向かって新芽が出ているのがある。

「それはまだ生き続ける証です。農家の人はまだ手をかけていく必要があります。」

阿部さんは二十三歳のときにロシア(当時はソ連)に留学している。画学生として留学したかったが、当時は受け入れられず、語学研修性として認められ単科大学に入学した。

「ロシア写実主義が好きで渡りました。ほんとうはクールべも好きでフランスへとも思いましたが遠いのでロシアにしました。ロシアの写実主義では何といってもレーピンですね。自分と同じ大衆に生涯をとおして共感をもち続け、地方に暮らす庶民を描き続けたのです。そんなレーピンの絵画から影響を受け、日本に帰ってからもそうした心構えで絵を描いてきました。やはり、りんごの老木が一番自分に合っていると思いました。」

確かに阿部さんの絵にはどこか神秘的なところが感じられる。植物だが、どこか人間的精神性が感じられる。阿部さんは津軽の地にそうした心性が生きているのを発見し、それに魅了され、映し、描く、という活動を選んだ。

それはまた、阿部さんの津軽魂を追い求める人生の軌跡ともいえないだろうか。

（注記▼「老いたるりんごの物語」展は二〇一五年十二月五日〜十四日まで、鳴海要記念陶房館ギャラリーにて開催されました。）

［15］絵画表現のもととなる「ことば」の世界へ　村上義男の言葉展を見て

数ある展覧会の案内状のなかから「村上義男の言葉」展を選んで出かけた。理由は単純である。案内の「はがき」の印字のなかの「言葉」だけが赤字だったからであった。

村上義男とは付き合いはなかったが、一緒に仕事をしていた。というのは、わたしと画家の谷川晃一は一九八一年にロンドンのＩＣＡでTOKYO TODAY展を企画・制作した。この企画は規模は小さいもののその当時Royal Academy of Artsの「大江戸展」に対抗して企画された。ポスター、グラフィックアート、コマーシャル映像、ポップミュージック、東京の街角を一角運んでくるというような勇ましい企画であった。予算は小規模であったが、ともかく東京の喧騒を伝えたいと思った。

わたしと谷川さんは、ロンドンの美術館グッズのなかからイギリスの画家によるトランプを見つけた。そこで日本の画家でアートトランプを作ろうという企画を思い立った。

帰国後早速、「Cartes Peintes」の制作にかかった。谷川さんが企画を担当しわたしが編集にあたった。アーティストのなかに村上義男もいた。彼はスペードの5と三つ葉の3を担当した。彼は二つともフランスの天気図を土台にして彩色を加え、みごとアートトランプの作品に仕上げてくれた。その他、須賀啓、平賀敬、元永定正、吉野辰海、池田満寿夫、吉田カツ、田中信太郎、高松次郎などの人たちが参加してくれた。

ところで、今回の展示会は田中屋の御主人の田中久元さんが村上義男没後十年を記念して企画したものである。村上義男を偲ぶという目的で、二〇〇六年に発刊された「村上義男ノート」から言葉を選んで展示し、それに彼の作品を添えるというかたちにしたものである。言葉が主体の展覧会である。

最初にわたしの目に飛び込んできた言葉は、「美術をやる者はお洒落をしなさい」であった。

この言葉から、吉本隆明のエピソードが浮かんできた。若き詩人の吉本は太宰治の家を訪ねたら、「その辺の屋台で飲んでいるのでは」といわれ、お目当ての屋台を探し当てた。太宰は青年吉本を見て、「着るものに神経がまわらない者の文学はつまらない」といったのが印象的だったと書いていた。この体験がトラウマになったかどうかは知らないが、その後、吉本はファッションに気を遣う。ずっとあとの一九八二年の吉本・埴谷の「コム・デ・ギャルソン論争」にまで発展するとは驚きだ。

次に飛び込んできた言葉は「絵は日中の光のなかで描かなければいけない」という言葉である。

村上は朝型で、毎朝、早く起きて仕事をしたという。大学の授業も朝八時四十分から始めた。わたしが知っている作家では丸山健二氏も朝型である。毎日欠かすことなく小説を書き百六十冊以上の作品を世に出している。まさに塵も積もれば山となる。村山は大学の教師のほかに絵描きとしても活動をしており、公的美術館に二十六もの作品が収蔵されている。

そして「太郎さんがね、雉を撃ちに行ってくると言うんです」の言葉はユーモラスである。一九五七年、岩手に「芸術風土記」の取材に行ったとき、岡本太郎が用足しに行くのに、村上にカメラを預け、笹藪に消えたときの言葉である。二人の呼吸がぴったり合った表現である。

次に「とにかく現場に立って見なければわからない」の言葉には二重の意味が込められている。ひとつはわらわれのの生きている世界は現象でしかない。本質は別のところにあるという、シニシズムが隠れている。もうひとつは、何事もいまの現実に耐えれば何かがそこから生まれてくるはずだ、という芸術家の信念が見える。

また「傑作ですね」の言葉は、わたしの友人の照明家ジャン・カルマンが勧める言葉だ。彼は芝居やダンスを見るとき必ずいいところをひとつでいいから探すようにという。帰りに出口で演出家に出くわしたとき褒めるのだが、一番いいと思ったところを付け足す。

「五百円取ったら命懸けですよ」の言葉には同感させられた。わたしも弘前に来て「音楽劇 ロミオとジュリエット」のプロデュースをしたが、お金をいただいた。素人芝居のくせにと言われたがみんな一生懸命でやった。結果、五百人以上の人が見に来てくれた。

当日、画廊の奥に大きな写真が飾ってあった。本棚の真ん中に村上が写っている写真である。棚にある本の著者名を見ると真ん中に一番たくさんあったのが吉本隆明の本である。右上には加藤郁乎、吉田一穂、右横には土方巽、谷川雁、秋山清、また左上には岡本太郎、瀧口修造、宮澤賢治の名がある。しばらく見ていると、本の背の作者の名前が彼の知的関心を示す地図になっているいる。これも村上義男の作品と言えまいか。

（注記▼「村上義男の言葉展」は田中屋画廊で二〇一六年一月七日〜二十六日まで開催された。）

[16] ルニ家族の津軽散歩

白神散策と青池の神秘

四月三十日にストラスブールからルニ家族三人が弘前を訪れてきた。ルニ家族は日本が大好きで、これまで七回も日本を訪れている。今回はその日本滞在の十日間を弘前滞在にあてている。

息子さんのヤン君はグラフィックデザイナーでポスターデザインや企業のロゴデザインをしている。その彼が今回は山を訪れてみたいというので弘前到着の翌日、白神山地のブナ林を訪れることにした。

途中、乳穂ヶ滝に寄ってみた。冬にはこの滝は全面凍り、その凍り具合によって、その年の作物の収穫を占うという。

雪解けの水が滔々と流れ、春の訪れを告げている。天気も晴れてきた。

山岳写真家の米澤いさおさんの案内でブナ林の散策にでかけることにした。米澤さんはアクアグリーンビレッジANMONから暗門の滝歩道脇のブナ林散策へと案内してくれた。

一帯はブナ林の比較的若い林で樹齢百歳以下の林が続いた。ほかにカツラ、ハリギリ、アサダの木も見られた。ブナの葉の新緑が日差しを浴びてまるで花のように美しかった。わたしは関東人なのでかつて丹沢山系にある丹沢山から蛭が岳にかけてブナ林を見に行ったことがある。しかし、白神のブナ林は光の入り具合がはるかにいいと思えた。

途中で米澤さんはわたしたちにブドウの原種の蔓を見せてくれた。オスとメスに分かれているという太い蔓がブナの木の上のほうで絡まっている。秋に実がなると猿や熊の格好のエサになるのだ。また、人が抱えられないほどのブナの木に熊の爪痕が真っ直ぐ上にまで続いていた。木登り上手の熊を創造しにくいが、実際に目の前にある巨木に爪痕がついているのを目にすると納得させられる。それほどリアリティーがあった。

登山道にはおびただしい数のブナの葉が積もっている、雪ならば消えてしまうが葉はそのまま積もる。そして土になる。米澤さんは山道の脇にある土を深く掘って見せてくれた。そして、下のほうの土を掌にのせてみた。すると、わずかばかりの土から水が染み出てきた。これが清水の原点であるという。この土がブナ林を支えている。エコサイクルの出発点だと米澤さんは強調していた。

しばらく登ってゆくと湧水が出ているところについた。わたしはその水を掌で掬って飲んでみた。じつに冷たくておいしかった。あたりはまだ雪が溶けかかっていてひんやりとした冷気が漂っていた。

もう少しのところで暗門の滝に着くところだったのだろうが、その先は通行止めで先に行くことができなかった。そして、もとの場所に戻ることにした。しかし、このブナ林の散策にわたしたちは十分満足できた。

アクアグリーンビレッジANMONに戻って、早朝、お蕎麦屋さんのたけやさんのご主人がこしらえてくれた、昼食のおにぎりを口いっぱいにほおばり、湧水を飲み、自然の味を味わい尽くした感があった。

翌朝、お父さんのジャン＝ピエールさんのたっての希望で津軽の海岸地帯を見に行くことにした。彼はいまはアルザスに住んでいる。両親たち家族はブルターニュ地方の海側に住んでいたのである。一族はケルト人だという。

今度の案内人はシェイクスピア上演委員会の美術担当の小島卓さんに案内をしていただいた。車は弘前市内から岩木山山麓の山側に近い県道三十号線を一路鰺ヶ沢に向けて進んだ。途中、国土計画が作ったという立派な道路を走った。バブルの遺産がこんなところにあろうとは驚きだった。

鰺ヶ沢ではまず海辺にある海の駅わんどに行った。ジャン＝ピエールさんは興味深げに魚を眺めていた。そして、ホヤに目が止まった。説明を求めるので、わたしは苦手であることを告げて、説明した。六度目の来日とあって、さすがにほとんどの日本の魚は食べつくしている。しかし、ホヤは初めてである。彼は大いに興味を持ったようだった。

そのあと車は深浦に向かった。深浦は小島さんのお母さんの故郷で、小学生のときはよく遊びに来たという。深浦においしいコーヒーを飲ませる喫茶店があるというので、そこに寄ってみることにした。国道一〇一号線沿いのこじんまりとしたお店だった。皆カウンターに座った。自然とお店の主人との話がはずんだ。主人の日本語が京都訛りなので聞いてみると、昔から京都の人がたくさん北前船に乗って深浦に移り住んだそうだ。この話をジャン＝ピエールさんはたいへん喜んで聞いていて、ブルターニュ地方にも似たような話があると言っていた。良い国際交流の機会となった。

そして最終目的地の十二湖に着いた。十二湖といっても実際には湖が大小三十三もあるという。そのなかでダントツに人気のある湖が青池である。

駐車場から二十分ほどブナ林のなかを歩くと青池に着いた。思ったより小さい。水深が約九メートルだという。底に横たわる木まで見える。確かに水が透明なのはわかる。しかし、これだけ木が茂っていれば、その葉が大量に水の底に堆積するはずだ。それが腐食して水の濁る原因になるはずである。これだけの透明度を保っているのが不思議である。

小島さんとわたしが話していると、そこにジャン＝ピエールさんが加わってきたので聞いてみた。「この池の青はどうしてこんなに澄んでいて美しいのだろうね」。彼はしばらく考えたあと、「まず、この池がすり鉢状になっていて底が深いこと。まわりに生えているブナの葉が落ちて土となり、保水している。土から湧いている水が純粋でミネラルをたっぷり含んでいる。それが清水となって大量に湧き出ている。一方、腐敗した葉は水底の水が濾過されて別の湖に流れ出ている。いつも青池内には純粋な水がたまった状態が続く。そこへ上から真っ直ぐに光が差すと、薄い青だけが反射するのだよ」という答えが返ってきた。ぼくらはすぐに納得。するとすかさず、奥さんのアニックさんが「この池はモネの『睡蓮』の絵の睡蓮なしなのよ。見る人の心が美しければ湖はどこまでも神秘な深い青色を増すのよ」と言われ、ぼくらは二度納得した。

さすがにデカルトとモネのお国柄、説明もお洒落だなと思った。

ルニ家族展 in HIROSAKI

なぜルニ家族が弘前を訪れたかといえば、今年の初めに、突然ルニ家族のお母さんのアニックさんから五月連休に日本にやってくるという電話がかかってきた。日本が大好きでこれまで七回日本を訪れ、京都、奈良はもちろん逗子、鎌倉、箱根、それに函館、室蘭とまわっている。

そもそもぼくらが出会ったのは一九九八年、ストラスブールにあるパッサージュ協会で開かれた「ワダエミ衣装展」オープニングセレモニーの折であった。

その後、二〇〇〇年のミレニアムイベントではシンポジウムに招待され、シンポジストとして参加した。数々の宗教代表者が集い、「宗教的寛容と平和」について話し合った。会議にはカトリーヌ・トロットマン文化大臣も参加した。彼女は同市出身で宗教学の学位を持っているという。参加者はみんな率直に意見を交換したので、良い会議だったと思う。こうした機会があちこちで開かれれば、戦争もなくなると思われた。

弘前滞在の後半の日程には彼らの展示会を予定していた。会場の百石町展示館を予約した。二階の二部屋を借りて親子展をするという。お蕎麦屋さんの「たけや」さんのご主人のアイデアは悪くないと思った。

アニックさんには禅林街の盛雲院でパッサージュ協会の活動についての講演をお願いした。彼女はあらかじめストラスブール市の映像を持参してきてくれ、歴史、街の構成、都市計画について説明してくれた。世界遺産のストラスブール市を知るうえで良い機会になったと思う。そのあとパッサージュ協会の活動報告があった。

パッサージュ協会は東西文化の紹介を活発にしている組織である。これまで、ランボー展、ギュスターブ・コルベ展、中国の習字展、イエメンのカルマ・タワクル展などを企画している。日本人では詩人の吉増剛造氏の写真展、ワダエミ衣装展などを開いている。当日、講演に参加した人たちは珍しい話に熱心に聞き入っていた。

次に親子展だが、大きい展示場ではお父さんのジャン＝ピエールさんの二十点ほどの写真、小さいほうでは息子さんのヤン君の十五点ほどの作品の展示が行われた。

ジャン＝ピエールさんの写真はなかなか凝っていた。ただ対象を映すというのではない。絵画のようにあらかじめ主題を決める。今回は、日常的なまわりにあるものを素材にして、それをカメラで工夫して撮る。撮った写真の上に絵の具で着色する。すると半具象的作品となる。そうして牛の顔、人の顔、裸婦が描かれるのだ。

この技法は、かつて絵画がたどってきた歴史を思い抱かせる。絵画は十九世紀までは写真のように対象を映すものだった。それがロマン派、印象派、シュルレアリズムと経るうち、描く主体の視点は後退し、主体の現実はより内面的なものとなった。そうして絵画は独特の世界を創造していった。写真はといえば十九世紀に生まれ、絵画の写実性をわがものにし、歴史的な事実を映す手段となり、それまでの絵画の位置を脅かすまでにはなった。二十世紀の歴史は写真誌「タイム」や「ライフ」のなかにあるとさえいわれた。

ところが、カメラの精度が上がるにつれ、優れたカメラ技術はカメラマンにあるのではなく、カメラ自身にあるのだということが判明した。誰でも優れたカメラマンになれる。かつて日本人は誰でもカメラを持ち世界中を闊歩し、写真を撮っている、と冷笑された時代があった。そういう時代は過去のものになり、いまや世界中の人が日本製のカメラを持ちながら、なんでも撮りまくる時代になった。

ある意味、芸術家としてのカメラマンは脇に追いやられた。そして彼らは画家たちのように、新しい試みをするようになる。それが写真に手を加えるという手法である。

ジャン=ピエールさんの写真ももはや写真の域を超えている。シャッタースピードをできるだけ遅くし、その間にオブジェを円形に移動させる。真ん中に缶コーヒーが置かれ隙間に金箔が施される。さながら曼荼羅の世界のようだ。装飾的ですらある。ただ彼がこのまま留まっているとは思えない。どこへ向かってゆくか楽しみである。

一方、ヤン君の写真はわかりやすい。郊外の自然の風景を映している。日本の風景が大好きな彼は日本を思わせる風景を好んで撮っている。四季折々の風景から独特の詩情が流れてくる。わたしたち日本人にも懐かしく思われるから不思議だ。
フランスの二十代の若者は新自然主義的感性を表現していると勝手に思った。そうだとすればこれもまた楽しみである。

（注記▼「アニック・ルニ講演会」は二〇一六年五月七日に金龍山盛雲院で行われ、「ルニ家族展」は同年五月九日〜十一日まで弘前市百石町展示館で開催された。）

[17]「不完全な視線」による写真芸術　ジュリア・マーガレット・キャメロン展を見て

七月十五日、東京・丸の内にある三菱一号館美術館で写真展を見た。

この日の午後、丸の内界隈を散歩していたら、ふと写真展のポスターが目にとまった。夫人の肖像写真と「視線。」という字の組み合わせがなんとなく気になり、横断歩道を通り過ぎたところで引き返し、チケットを買ってなかに入った。

会場は思ったより大きく、全作一六四点が無理なく展示されていた。レンガづくりの立派な美術館だ。

マーガレット・キャメロン(一八一五〜七九)はカルカッタに生まれた。父親が東インド会社に勤めていたときの子である。母親がフランス貴族の子孫ということもあり芸術に造詣があった。教育はフランスで受け、七人兄弟のなかでは特別異彩を放っていた。

一八三六年、天文学者ジョン・ハーシェルに出会って初めて写真の世界に触れた。二人は、その後、生涯を通じて文通を重ね、写真について意見を交換した。

結婚後、十年間インドで暮らした。帰国後、実際に写真制作を始めたのは一八六〇年になってからである。すぐに才能が全開した。

肖像写真ということもあって、対象者を求めロンドンに出向いていった。妹サラの邸宅リトル・ホランド・ハウスにカメラを持参し、そこで定期的に催されるサロンを訪れる著名な画家、美術評論家、作家と出会った。なかでもラファエル前派の画家エドワード・バーン＝ジョーンズ、ウイリアム・ホルマン・ハント、評論家のジョン・ラスキン、作家のトマス・カーライル、ジョージ・エリオット、ウイリアム・サッカレー、アルフレッド・テニスンと錚々たる顔ぶれが集まった。

キャメロンは石炭小屋を暗室にし、鳥小屋を撮影スタジオに変え、プロとしての活動をめざした。もともとアルバムを制作したり、友人と共同制作をしていたのであるが、自作であると宣言できるまでには至っていなかった。それでも、このときすでに独特の技法を見つけ出していた。それは「カメラが生み出す像」と「カメラを用いない技法」のコンビネーションである。

「最初の成功」作品は子どもの肖像写真によってもたらされた。そのあと、矢継ぎ早に著名な画家や作家の家族写真を撮るようになった。光の効果、不明瞭なピント、クローズアップの構図と彼女特有のものが見られた。

詩人アルフレッド・テニスン、文人ヘンリー・テイラーとは友人同士だったこともあり、肖像作品を数多く残している。このころの主題は「肖像」「聖母群」「絵画的効果を目指す幻想主題」である。

一八六四年、ロンドン写真協会の年次展覧会に五点出品した。批評家の反応は芸術作品か失敗作かに分かれた。それでも画廊と契約を結ぶことができた。

続く作品は聖書、劇作から主題を選んだ擬人像よりなっている。このシリーズはサウス・ケンジントン博物館によって購入された。それは批評家たちにとっては驚きだった。真実を映し出すという写真本来の使命を逸脱していると思われたからだ。

それでもキャメロンはひるまなかった。「精神を高めるような」「道徳的な教えとなる」写真制作に励んだ。それらにはイタリア・ルネッサンス絵画の影響が色濃く残されている。キャメロンはそれを「ある画家風に」と表現している。重なり、ひとかたまりになったモデルたちの身体は衣の襞に埋もれて見えた。彼女たちは感情の親密性を表現している。なかでも「ベアトリーチェ」は写真で作り上げた力強い女性像の典型といえる。「サッフォー」「エステル王妃」「女魔法使いヴィヴィアン」と続く。

さらにキャメロンは伝説的人物像の制作にも力を入れた。テニスンの物語詩「国王牧歌」のための挿入写真を手掛けた。これらは後に本として出版された。

こうしたキャメロンの旺盛な制作意欲にもかかわらず、その作品に異議を唱える評論家が後を絶たなかった。原因は主に技術的な理由からだった。「失敗」「事故」「偶然」というレッテルを貼られた。「女だてらに」とまで言われた。比較的好意を持つ人たちですらキャメロンの作品における直写主義や確実性の欠如を認めた。それでも支持者たちは、彼女のソフトフォーカスの手法を芸術的で絵画的であると評価した。それだけでなく、写真がぼやけているので、それを解釈するうえで想像力に委ねられると積極的に評価した。たしかに彼女の世界は現代写真・絵画に通じるところがある。とくにG・リヒターの先駆けといえよう。

わたしはひととおり館内を見終わって外に出た。再び大手町をぶらぶら歩きながら、自分が「キャメロンの視線」で眺め歩いているのに気がついた。

（注記▼「ジュリア・マーガレット・キャメロン展」は二〇一六年七月二日〜九月十九日、三菱一号館美術館で開催された。）

［18］ 前川國男の建築　弘前市新庁舎を訪ねて

弘前市の新庁舎が完成した。七月四日から業務がスタートした。

弘前市は、設計管理を前川建築設計事務所に依頼した。以前、前川國男が設計した本館のデザインや工法、材料などを受け継ぎ、庁舎全体が調和し、統一感のある建築であることを望んだからだ。そのことにより伝統的建造物の価値を認め、それを後世に伝えてゆく目的を持っている。

新庁舎も本館と同じように、地元の杉板を型枠にしたコンクリート打ち放しの柱、黒いサッシを使用している。もちろん、今日的ニーズにも対応している。免震構造、防災機能強化、省エネ対応システム完備、それに経済性の配慮をしている。

わたしは実際に新庁舎を訪れるまえに、隣の公園にある前川の設計した弘前市民会館（一九六四年竣工）と弘前市立博物館（一九七六年）を訪れてみた。

前川は東京帝國大学卒業後、二年間、パリのル・コルビュジエのアトリエで修業した。そこで木村隆三と知り合い、それが縁で、弘前にいる木村の祖父の依頼で木村産業研究所の設計を手掛けることになる（一九三四年）。帰国後の最初の仕事である。ブルーノ・タウトはこのル・コルビュジエ張りの建築に驚いたという。それ以来、前川は弘前市内に八つの作品を残す。

弘前市民会館は主にコンサートホールとして使用されているがほかに講演、イベント、演劇公演が行われている。城内の松林のなかにコンクリート打ち放しの建築物が目に入る。右側の大きな建物が大ホール、左側の小さい二階建ての建物が管理棟（なかには食堂・喫茶室もある）となっている。二つのブロックをコンクリートの橋が繋いでいる。いまでは二階はテラスになっていて大きなパラソルが印象的だ。

こういった一見無駄と思われるスペースの使用はル・コルビュジエの「自然の法則を投影した新しい時代精神に追いつけ」に十分対応している。この二階の橋の直線も「目的地を見据えた直線」（ル・コルビュジエ）、前川の言う「回廊の持つ吹き抜けの空間（紀伊國屋書店、埼玉会館にも見られる）」になっている。

大ホールの内部は西目屋のブナが使用されている。クラシック音楽ファン前川ならではの音響効果へのこだわりである。神奈川県立音楽堂にもそれはある。

弘前市立博物館は博物館としては小ぶりである。入口もこじんまりしている。外壁は深みのある赤茶色のタイル張りである。中央のロビーは天井まで吹き抜け、お城の櫓が見える。外に出てこのロビーを反対側から眺めてみた。そこにもル・コルビュジエの影響が見て取れる。アテネのアクロポリスの丘から着想を得たピロティである。こちらのほうがエントランスに見えてくる。

その後、新庁舎を訪れた。一階に入ると市民課の総合窓口と国民年金課があり、全体が広く見渡せる。途中で階段を上ると二階まで吹き抜けになっている。二階は財務部で税金の支払い窓口がある。全体が見通せる。ここにも「直線」の考えが生かされている。

三階は防災安全課、都市環境部、防災会議室がある。この階は本館の市長室と繋がるようになっているが、いまは新館の三階を工事している。じきに繋がることだろう。そうなればいざというときに市長は新館を経由して新庁舎の「防災対策フロア」に向かうことができる。危機管理を速やかに行ううえで首長の速やかな対応が欠かせないからだ。

四階には食堂がある、窓側に行くとスターバックスの庭が見下ろせる。また遠くには岩木山も見える。食事のメニューもバラエティーに富んでいるがランチは五百円前後でリーズナブルである。店内はガラス張りなので光がよく入り明るい。コミュニケーションするには最適の場所だ。

こうして本館、新館、新庁舎が一体化することにより、機能がよりアップするに違いない。これでほんとうに、公共の福祉に奉仕する精神の自由を持った建築家の夢が実現したといえるのではないだろうか。

おわりに／隠喩としての波

震災のあと、最初に塩釜市を訪れた。仙台市からのアクセスが比較的簡単だと思われたからである。昔、この町は塩の町として栄えた。その後、松島観光の起点として発展、活気のある町になった。ところが、今回の震災で観光客の足はばったり途絶え、桜の季節に再開された観光船に訪れる人はいない。

高台に広がる中心地の様子からは被害状況をうかがい知ることはできない。ファミレスの前にたむろしている地元の若者たちに津波の被害について聞いてみた。すると意外な答えが返ってきた。ここより遠い石巻ではたいへんな被害を受けているという。まるでこの町は被害を受けてないかの口ぶりだ。この町の被害についての報道があるがと食い下がると、一人の青年が自分の住んでいる七ヶ浜では相当な被害があったという。無理やり話をさせたようで気がひけたがそこまでの道のりを聞いてみた。彼はそこまでに至る道のりを親切に教えてくれた。別れ際の笑みが印象的だった。

七ヶ浜は塩釜港の南側に張り出した半島の突先に位置していた。そこまではなだらかな道が続く。道々桜や菜の花が目を楽しませてくれた。しばらく行くと視界が開け、海が見えるようになる。道はそのまま一気に下がる。すると、あたりの様子が一変する。家が密集しているにもかかわらず人影がない。

それは突然のようにして視界のなかに現れた。

家々はまるで鋭利な刃物で切り取られたかのようだ。まだ立っていればましなほうで、完全に崩壊してしまった家のほうが多い。よほど強力な力が加わったのであろう。岬の先端に位置するこの地に津波ははじめに襲ったのであろう。荒れ狂う勢いが感じられる。

地震によって起こった第一波の津波は三陸海岸に向けて進んでいた。それは我先にと競争するようにしぶきを上げていた。最初に到達した津波は漁港を襲い、次々と家々を倒していった。そして岬の高台に勢いを阻まれ、別の方向に逸れていった。すると別の方向からやってきた波と合流し勢いを増し、一箇所の力によってではなく、別々の力が加わり倍加していった。

道を先に行くと海岸線に着く。そこの被害はもっと深刻である。ほとんどの家が崩壊している。海岸に平行に進んできた津波は一気にこの地を襲ったのであろう。その勢いは尋常ではない。波は開拓されたばかりの新興住宅地の奥深く山側に至るまで襲っていた。

この町には何でもころがっていた。トラック、巨大なコンテナー、ジープ、大きな石。なかでも若い夫婦が住んでいた家の跡に残されたぬいぐるみが痛々しく思われた。

避難所となっている丘の上に登ってみると、そこにある住宅は当然のように無傷である。しかし、真下の住宅地の惨状と比較すると別天地に思えてくる。それも現実である。ただ受け入れるのが非常に困難なのである。

　住宅街を離れると、多賀城市よりにぽつんと小さな漁港があった。そこにも津波の爪痕が確実に残っていた。丘の上でその港をじっと眺めている老人がいたので話しかけてみた。彼は以前漁師だった。その習慣もあって津波が来たときにはこの場所から漁港を眺めていた。津波は二度襲ってきたという。これほどの津波は初めてである。家々を破壊し、船はすべて波に呑み込まれ大破した。遠くの防波堤の先にあった灯台も波の力で曲がってしまった。漁業共同組合も波に襲われ網がすべてやられてしまい使いものにならない。普段であればいまごろは蝦蛄漁で忙しいのだが漁師たちにその気力はない。国もそのことを知ってすぐには援助の手を伸ばさない。網や船の手配をしてくれれば、いくらかの励みにはなったであろうが、いまだに何もなされる気配はない。

　その老人は淡々と語りながら遠く海の彼方を眺めている。果たして彼が求める希望はかなえられるのであろうか、胸が詰まる思いであった。

　次に訪れたのが多賀城の工場地帯である。最初はそれほどの被害はないように見えた。ところが各工場の建物はそっくり立っているからそう見えるのであって一階の部分は波によるダメージを受けている。何台もの車が松の木に引っかかっていた。

　東部仙台地域は立ち入り禁止と聞いていたが地元の車も入ってゆくので後を追ってみることにした。高速道路と海岸のあいだの約一キロのところに一六〇センチの高さの津波が襲い、この地域の住宅のほとんどを破壊していた。残害は各家ごとにまとめられていたので救援活動はほとんど終了していることを思わせる。数十キロにわたる破壊の惨状は筆舌に尽くしがたい。そのあと名取川にかかる橋を渡ろうとしたが通行止めなのでそのまま引き返した。

わたしは合計五回ほど被災地を訪れた。釜石、多賀城、石巻、女川である。被災地を訪れて感じたことは、自然の猛威が尋常でないことである。自然災害というよりは、戦争の破壊に近いのではと思った。破壊の規模がそれほど全体的だったから、そこに意志のようなものを見てしまうのである。

とりあえず、わたしは生き残った。ただそれだけで、その経験の意味はなにも把握できていない。とりあえず、書けるテーマを拾い上げてみた。

本書の内容はこの体験によるところが大きいと思う。いま、人類文明は人倫を超えた「意志」の力によって突き動かされている。それを神の意志と呼ぶか、自然の摂理と呼ぶかは別として、人知の及ばない領域の問題に入り込んでいるのである。

わたしにとってポスト3・11はこうして始まった。

本書の内容がこうした状況にどこまで対応しているかはわからない。でも、わたしのなかではそれ以前とは確実に違うことが起きていると思えるのである。それを、ただただ記述してみた。

このときの海はボードレールの『赤裸の心』の海のような「広さ」と「運動」の観念に支えられた世界でもなければ、カルヴィーノの『パロマー』の波のもつ「軽さ」と「浮遊性」のポストモダン的な世界のものでもないと思う。それは、もっと儀礼的・宗教的な世界に近いと言えようか。
最後に、本書の出版にあたっては、彩流社の河野和憲氏にお世話になった。こころからお礼申し上げたい。また、弘前での取材にあたって、数多くの助言をいただいた、武林正書さん、鎌田紳爾さんにもこころからお礼を申し上げる。

二〇一六年晩秋、弘前にて

石田和男

初出一覧

「フランスの家族政策」近畿医療福祉大学紀要、二〇一一年三月
「ダニの感覚器と環世界（Unwelt）」弘前学院大学社会福祉学部研究紀要、二〇一五年三月
「認知症について」（初出）
「風景の再発見」地域学、二〇一六年三月
「死生観について」（初出）
「寺山修司を待ちながら」北奥気圏、二〇一五年十二月
「哲学的断片」ユリイカ（一九九一年十一月）を加筆
「永遠の生を表現するお顔に魅せられて――川倉、賽の河原地蔵尊」陸奥新報、二〇一五年七月六日
「クマの磔刑図――田中康弘著『マタギ矛盾なき労働と食文化』」陸奥新報、二〇一五年八月三日
「魂を売った男の顛末――鬼才ウィル・タケットの舞踊劇『兵士の物語』を観て」陸奥新報、二〇一五年九月七日
「7・28&3・11への鎮魂巡礼――福士正一の舞踏を観て」陸奥新報、二〇一五年十月五日
「闇の果ての記憶の深層へ――ボルタンスキー&ジャン・カルマン『最後の教室』を見て」陸奥新報、二〇一五年十一月二日
「鬼沢の鬼は裏の鬼――鬼神社を訪ねて」陸奥新報、二〇一五年十二月七日
「老いたるりんごの物語――阿部澤展を見て」陸奥新報、二〇一六年一月十一日
「絵画表現のもとになる『ことば』の世界へ――村上善男の言葉展」陸奥新報、二〇一六年二月一日
「白神散策と青池の神秘――ルニ家族の津軽散歩（上）」陸奥新報、二〇一六年六月六日
「ルニ家族展 in Hirosaki――ルニ家族の津軽散歩（下）」陸奥新報、二〇一六年七月四日
「『完全な視線』による写真芸術――ジュリア・マーガレット・キャメロン展」陸奥新報、二〇一六年八月一日
「前川國男の建築を受け継いで――弘前市新庁舎を訪ねて」陸奥新報、二〇一六年九月五日

【著者】
石田和男
…いしだ・かずお…

1948年生まれ。中央大学文学部哲学科卒業。パリ第四大学文学部哲学科中退。法政大学大学院人文科学研究科哲学専攻修士課程修了。弘前学院大学大学院社会福祉学研究科人間福祉学専攻修士課程修了。現在、弘前学院大学社会福祉学部教授。主な著書には『美意識の発生』（東海大学出版会）『転生する言説』（駿河台出版社）『プロデューサー感覚』（洋泉社）『環境百科』（駿河台出版社）等が、主な訳書には『世紀末の他者たち』（ジャン・ボードリヤール、マルク・ギヨーム）『動物たちの沈黙』（エリザベート・ド・フォントネ）『思考する動物たち』（ジャン＝クリストフ・バイイ）等がある。

フィギュール彩 76
イマージュの箱舟《はこぶね》

二〇一六年十二月三十日　初版第一刷

著者――石田和男
発行者――竹内淳夫
発行所――株式会社 彩流社
〒102-0071
東京都千代田区富士見2-2-2
電話：03-3234-5931
ファックス：03-3234-5932
E-mail：sairyusha@sairyusha.co.jp
印刷――明和印刷（株）
製本――（株）村上製本所
装丁――仁川範子

ISBN978-4-7791-7081-2 C0336
http://www.sairyusha.co.jp

フィギュール彩

〔既刊〕

㊶岐阜を歩く

増田幸弘◎著

定価(本体 1800 円＋税)

僕は、増田さんのもつ「境界線」のイメージにとても興味をひかれます。家族内、都市と都市、くにざかい、離れ合った時間。「線」において考える、という思索の方法論を、あみだしておられる。(作家・いしいしんじ)

㊸演説歌とフォークソング

瀧口雅仁◎著

定価(本体 1800 円＋税)

添田唖蝉坊らによる明治の「演説歌」から、吉田拓郎、井上陽水、高田渡、そして忌野清志郎たちの昭和の「フォークソング」にまで通底する「批判精神」を探る。

㊹スポーツ実況の舞台裏

四家秀治◎著

定価(本体 1800 円＋税)

アナウンサー志望者のみならず、スポーツ中継を観戦するスポーツを愛する全てのファンのために書かれた、実況担当アナウンサーによる「技」を楽しむためのディープな解説書。

フィギュール彩

〔既刊〕

⑪ 壁の向こうの天使たち

越川芳明◉著

定価（本体 1800 円＋税）

天使とは死者たちの声なのかもしれない。あるいは森や河や海の精霊の声なのかもしれない。「ボーダー映画」に登場する人物への共鳴。「壁」をすり抜ける知恵を見つける試み。

㊼ 誰もがみんな子どもだった

ジェリー・グリスウォルド◉著／渡邉藍衣・越川瑛理◉訳

定価（本体 1800 円＋税）

優れた作家は大人になっても自身の「子ども時代」と繋がっていて大事にしているので、子どもに向かって真摯に語ることができる。大人（のため）だからこその「児童文学」入門書。

㊵ 編集ばか

坪内祐三・名田屋昭二・内藤誠◉著

定価（本体 1600 円＋税）

弱冠32歳で「週刊現代」編集長に抜擢された名田屋。そして早大·木村毅ゼミ同門で東映プログラムピクチャー内藤監督。同時代的な活動を批評家·坪内氏の司会進行で語り尽くす。

フィギュール彩

〔既刊〕

㊴ 1979年の歌謡曲

スージー鈴木◉著

定価(本体1700円+税)

「大変だ、スージー鈴木がいよいよ見つかる」(ダイノジ・大谷ノブ彦、ラジオパーソナリティー)。ＴＶ全盛期、ブラウン管の向こう側の歌謡曲で育った大人たちの教科書。

㉜ レノンとジョブズ

井口尚樹◉著

定価(本体1800円+税)

レノンとジョブズの共通点は意外に多い。既成のスタイルをブチ破ったクリエイターたち。洋の東西を問わず愚者(フール)が世界をきり拓く。世界を変えたふたりの超変人論。

㉛ J-POP文化論

宮入恭平◉著

定価(本体1800円+税)

「社会背景がJ-POPに影響をもたらす」という視座に基づき、数多ある議論を再確認し、独自の調査方法を用いて時代と共に変容する環境とアイデンティティの関連を徹底考察。